ANA PESSOA
BRUNO RIBEIRO
CLOTILDE TAVARES
CRISTIANE SOBRAL
EDNEY SILVESTRE
HENRIQUE RODRIGUES
JOÃO ANZANELLO CARRASCOZA
JACQUES FUX
JESSÉ ANDARILHO
LUIZA MUSSNICH
MARCELA DANTÉS
MARCELO MOUTINHO
MÁRIO RODRIGUES
MATEUS BALDI
NATALIA BORGES POLESSO
NATALIA TIMERMAN
OLÍVIA NICOLETTI
PAULA GICOVATE
RENATA BELMONTE
TAYLANE CRUZ

**20 CARTAS SOBRE
PAIXÕES, ENCONTROS E DESPEDIDAS**

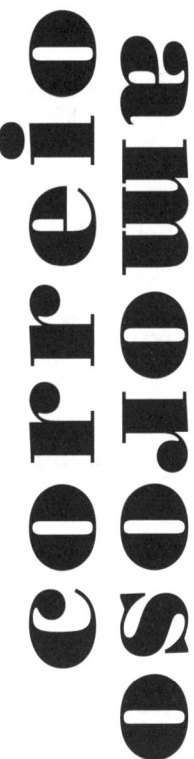

correio amoroso

ORG. HENRIQUE RODRIGUES

Oficina
raquel

Índice

6 APRESENTAÇÃO

11 **Sorvete com cobertura**
CLOTILDE TAVARES

17 **Maldito Alfred**
EDNEY SILVESTRE

21 **Amor-algorítmico**
JACQUES FUX

27 **Querido Henrique, homem, lugar, casa de pedra**
ANA PESSOA

34 **Cartada**
JESSÉ ANDARILHO

40 *Ridendo castigat*
HENRIQUE RODRIGUES

46 **A sua voz**
NATALIA TIMERMAN

51 **É melhor cair em si**
CRISTIANE SOBRAL

58 **As cartas mais urgentes são as que nunca chegam**
LUIZA MUSSNICH

63 **Hiroshima**
MATEUS BALDI

69 ***Balle de match***
RENATA BELMONTE

75 ***Direito de resposta***
PAULA GICOVATE

82 ***Adendo ao***
Caderno de um ausente
JOÃO ANZANELLO CARRASCOZA

85 ***Raissa***
BRUNO RIBEIRO

93 ***Quando eu acordei,***
você já tinha ido
MARCELA DANTÉS

98 ***A bicicleta amarela***
TAYLANE CRUZ

103 ***Azul Moderno***
OLÍVIA NICOLETTI

114 ***Primavera***
MÁRIO RODRIGUES

120 ***Estrela da Vó Guida, s/nº***
MARCELO MOUTINHO

125 ***Oi, tu***
NATALIA BORGES POLESSO

129 SOBRE OS AUTORES

Apresentação

São bastante conhecidos os versos "Todas as cartas de amor são / Ridículas", do Fernando Pessoa – na verdade pelo seu heterônimo Álvaro de Campos. Prática tão comum quanto a poesia adolescente, escrever cartas de amor faz parte da história de quase todas as pessoas, num tipo de texto que vai do recado banal ao confessionário mais íntimo e secreto.

Na literatura, é natural que o formato tenha sido explorado *ad nauseam*. Desde o chamado gênero epistolar, cuja técnica rendeu grandes romances entre os séculos XVIII e XIX, até a própria valorização da troca de cartas entre escritores, as missivas literárias atraem muitas pessoas, estabelecendo uma relação de proximidade entre texto e leitores. Livros como *Os sofrimentos do jovem Werther*, de Goethe, *Drácula*, de Bram Stoker, e *Lucíola*, do nosso José de Alencar, foram escritos em formato de missivas.

E hoje, nesse tempo em que milhões de mensagens são trocadas a cada dia, evaporando-se no ar com a mesma velocidade com que são criadas, como seriam cartas de amor literárias? Pensando nesse exercício, convidei outros 19 escritores, de diferentes dicções, para escreverem cartas partindo do amor como temática. O resultado é esta antologia *Correio Amoroso: 20 cartas sobre paixões, encontros e despedidas*.

O livro apresenta um recorte da grande variedade da literatura brasileira contemporânea, retratando também as várias formas de manifestação do amor. Vale lembrar que, quando tratamos de diversidade, significa que foram considerados escritores de diferentes estilos, experiências, orientações sexuais, faixas etárias, raças e lugares.

Nessa seleta de contos em formato de cartas, os leitores vão encontrar uma variedade de sentimentos que causam tanto empatia quanto identificação. Isso porque nem todos conhecem o restante do poema intimista de Álvaro de Campos, que o finaliza com uma verdade tão sincera quanto comum a todo ser que ama ou amou um dia:

"Mas, afinal,
Só as criaturas que nunca escreveram
Cartas de amor
É que são
Ridículas."

HENRIQUE RODRIGUES

Também escrevi em meu tempo cartas de amor,

Como as outras,

Ridículas.

ÁLVARO DE CAMPOS

Sorvete com cobertura

CLOTILDE TAVARES

Samuel,
Na parte de baixo da geladeira logo acima da gaveta deixei seu prato, bem direitinho, do jeito que você gosta. Coloque no microondas somente três minutos, porque senão resseca muito, principalmente a salada. A partir de hoje tem um cesto para colocar somente a roupa com que a gente vem do trabalho, viu, meu filho? Está separado num cantinho, depois da máquina de lavar. Tome um banho, coma, se deite e durma. Descanse, quando eu chegar conversamos.

Natália,
Esperei você ontem e nada. Dobrou o plantão? Se cuide, viu. Quem sabe a gente se vê amanhã?

Samuel,
Correria hoje. Essa omelete que você deixou pra mim ficou muito gostosa. Não precisava ter lavado a roupa, obrigada. Nos vemos amanhã quando você chegar.

Natália,
Fui fazer umas compras quando saí do plantão e terminei me atrasando, quando cheguei em casa você já tinha saído. Que casamento é esse, que o casal não se vê?

Samuel,
Não reclame, meu filho. Você está muito rabugento. Pior era no auge da COVID, que a gente nem sabia se voltava vivo ou se ficava lá entubado. Em vez de meu filho

vou lhe chamar agora de meu velho, porque você anda muito reclamão.

Natália,
No freezer tem sorvete, hoje quando acordei fui comprar. Quanto tempo faz que a gente não toma um sorvete juntos, come uma pipoca, vê um filminho na TV? Hoje vi a sessão da tarde, um filme sobre um cachorro e um menino doente no hospital, e fiquei imaginando você lá trabalhando, na dureza. Cochilei um pouco, não entendi direito a história. Vou falar com o supervisor de área sobre essa minha escala de plantão, vou dizer a ele que nunca mais vi minha mulher. Você tem razão, estou mesmo ficando velho, rabugento e chato.

Samuel,
O sorvete estava uma delícia. Na porta da geladeira tem cobertura e biscoito wafles, acordei mais cedo e fui comprar, tentei lhe esperar mas o horário bateu e tive que sair pra não perder minha hora. Também acho que esse casamento não vai durar muito se o casal nem pode se ver, quanto mais ficar junto. Beijo da sua velha.

Natália,
Eu gosto disso, meu velho e minha velha. Parece que a gente está junto há uma vida toda. Olhe, quando você cozinhar, deixe os pratos e as panelas na pia que eu lavo. Estou aprendendo a lavar a louça sem fazer bagunça, pra você não me chamar de velho tonto.

Samuel,
Antes da COVID a gente não tinha esse problema de horário, depois é que bagunçou tudo, os turnos apertaram e acabou-se o tempo livre. A gente não ter adoecido nem morrido já é uma bênção, mas está tudo mais difícil do que antes, você não acha? Até o calor aumentou. A COVID diminuiu, mas todas as outras desgraças aumentaram. Hoje mereço mesmo o nome de minha velha, estou rabugenta também. Será que a gente não arranja um dia juntos, pelo menos no final de semana? Faz tempo que nossa escala está desencontrada.

Natália,
Estou tentando trocar um turno com um colega, vamos ver se dá pra você no sábado? Você troca o turno da noite, entende? Pra gente poder ficar junto à noite? A gente vai passar o dia na praia, e depois passa lá em sua mãe, janta e vem pra casa. Eu arranjo quem me renda sábado de noite, tá entendendo? E a gente fica junto.

Samuel,
Acho que vai dar certo, meu velho. Hoje eu fiz aquele viradinho que você gosta, com carne seca, veja na prateleira de baixo da geladeira, no plástico azul. Correndo, hoje, tchau.

Natália,
Você diz que eu sou rabugento mas tem dias que esse meu trabalho é difícil de aguentar. Tenha paciência comigo, minha velha, hoje tou morto, lavei a louça mas não tive nem coragem pra colocar a roupa na máquina.

Samuel,
Meu velho, tenho paciência sim. A gente tem a vida pela frente e quando as coisas melhorarem um pouco vamos ter nosso bebê. Vamos pensar agora somente em você conseguir outro trabalho diferente desse, mas só deixar esse trabalho quando o outro estiver seguro, a gente não pode perder renda. Hoje estou com a rinite, espirrei demais.

Natália,
Fiz uma faxina boa principalmente no quarto, tirei todo o pó, tinha muito pó debaixo da cama, bati o colchão, deixei tudo limpo, espero que melhore da rinite. Um banho de mar vai lhe fazer bem.

Natália,
Dois dias sem achar seu bilhetinho aqui na porta da geladeira e sentindo muita falta, esqueceu de mim, minha velha?

Samuel,
São dois dias que saio de casa em cima da hora, não ouvi o alarme, acho que estou muito cansada e tenho dormido demais. Desculpe aí.

Natália,
Hoje também estou com o horário apertado. Conseguiu trocar o turno?

Samuel,
Para o próximo sábado, nada feito. Uma das técnicas está de férias e tem três de licença com COVID, uma está entubada lá mesmo no hospital, coitada. É aquela que eu falo muito, minha amiga Sandrinha. Talvez dê certo a troca para o outro sábado. E eu já tinha avisado a mamãe, agora vou ter que cancelar e ela vai me encher o saco.

Natália,
Deixe sua mãe comigo, eu falo com ela. Vocês duas vivem brigando. Ela é velha, você tem que ter paciência com ela. Será que quando eu ficar velho você vai ter paciência comigo? Amanhã vou comprar sorvete, quer chocolate ou creme?

Samuel,
Quando você ficar velho, eu também vou estar velha e vamos ser dois rabugentos. Sabe Sandrinha, a que estava entubada? Faleceu, coitada. A equipe está sem chão. O sepultamento vai ser no interior, por isso ninguém teve folga, só uma oração de meia hora na capela do próprio hospital. A pessoa morrer de uma doença dessa antes dos trinta é de lascar. Ela tinha a minha idade, diferença de dias. Tou triste pra caramba. Compre sorvete de creme.

Natália,
Não sei quem está mais perto da morte, se sou eu ou você. Passo o dia colocando na maca gente que não sei se vai ficar vivo por muito tempo. No tempo em que a COVID estava no auge, tinha dias que eu pegava com minhas mãos em muita gente morrendo ou já morta, deus me livre. E você no hospital nessa tal linha de frente. Felizmente agora diminuiu, no meu plantão de ontem não morreu ninguém, nem de COVID nem de outra coisa. Concordo com você, quando passar essa maré braba, vamos pensar melhor nesse tipo de trabalho, se vale a pena continuar, pra gente ter nosso bebê em outra condição, e poder dar atenção a ele. Você nem tocou no sorvete, por quê?

Samuel,
Vamos dar um tempo desse assunto de morte e de trabalho. O psicólogo que dá atendimento no meu setor disse que não é bom ficar repisando esses assuntos ruins. Não tomei o sorvete, estava triste, mas hoje fui tomar e quando procurei a cobertura só tinha um restinho. Você comeu a cobertura pura? Um frasco de cobertura de uma vez só? Seu formigão, nunca vi gostar tanto de doce.

Natália,
Ontem foi bom, não foi? Uma hora bem aproveitada e valeu a pena ter recebido o esporro do chefe pelo atraso. A gente precisa fazer mais isso. Eu estava com muita saudade de ficar juntinho de você na cama, minha velha.

Samuel,
Veja no freezer a sobremesa que estou deixando pra você, está coberta com papel alumínio. A vizinha me disse que aqui na esquina abriu um lugar novo que vende quentinha, vamos experimentar? Tem dia em que não tenho paciência de cozinhar, e quero variar do tempero. Se for barato pegue duas, a minha com frango e sem feijão.

Natália,
Teve um ajuste na escala e vou folgar depois de amanhã durante o dia todo e de noite também. Pena que não é no sábado, mas seria legal se você conseguisse encontrar quem lhe rendesse pra gente ficar em casa, na cama, trancar a porta e ficar o dia e a noite na preguiça. Adorei a sobremesa.

Natália,
Está tudo limpo e arrumado, quando você chegar não precisa mais fazer nada.

Natália,
Estou sentindo falta dos bilhetes. Tem sorvete no freezer, de creme, como você gosta.

Samuel,
Foi bom o dia na cama, não foi, meu velho? A gente botou a conversa em dia e eu acho que faltou assunto para o bilhete. Comprei dois frascos de cobertura para o sorvete,

um é meu outro é seu, vamos ver quem come mais? Correndo hoje, tou atrasada.

Natália,
Acostumei a chegar em casa e encontrar seu bilhete. Por isso reclamei. Deixe aqui nem que seja uma palavrinha.

Samuel,
Meu velho, é uma novidade boa, o hospital vai mexer em todas as escalas de pessoal, agora que a COVID diminuiu, vão desativar uma parte dos leitos. Muita gente com medo de demissão mas a supervisora me garantiu que não vão mexer comigo, vão somente ajustar os turnos e vou poder passar mais noites em casa.

Natália,
A gente não pode se acostumar com a quentinha e parar de cozinhar, senão sai muito caro. Hoje fiz feijão e arroz e uma salada. Tem frango já temperado na geladeira, é só preparar.

Samuel,
Lembre de quando sair o pagamento comprar um tênis novo pra você, vi o estado do seu, está muito velho, se desmanchando. Fiz o frango assado, sei que você gosta. E amanhã deixe que eu compro o sorvete, vamos variar do creme?

Natália,
Hoje vi de novo a sessão da tarde na TV, uma história de amor, com o casal o tempo todo se beijando e no quarto, você sabe. Coisa que a gente faz pouco por causa do desencontro dos horários. Consertei a torneira do banheiro e coloquei na cama aquele lençol azul que você gosta. Descanse.

Samuel,
Fiquei pensando nesses filmes de amor, que é tanto beijo e tanto coraçãozinho, e jantar, pétala de rosa e champanhe, tanta coisinha que a gente que trabalha nem tem muito tempo pra fazer. Aí eu acho que o amor também tem outros jeitos diferentes desse dos filmes. Como eu e você, a gente parece o sorvete e a cobertura, você entende, eu sei que não preciso lhe explicar nada, basta olhar, você sabe o que é.

Maldito Alfred

EDNEY SILVESTRE

―

(Carta de Oscar Wilde, às vésperas do Natal de 1897, para seu jovem amante Sir Alfred Douglas)

Maldito Alfred,
Querido Alfred,
Desgraçado Alfred,
Adorado Alfred,
Meu demônio,
Meu anjo das trevas,
Meu jamais meu Alfred,

O Vesúvio dá sinais de convulsões internas. Ouço as explosões. Parecem canhonaços. Daqui desta pensão decadente onde me abandonaste, nesta rua aos fundos de um hotel arruinado perto do porto de Nápoles e de seus marinheiros fedendo a suor e aguardente barata, em meu quarto desprovido de colchões de pluma, lençóis de algodão egípcio, tapetes, candelabros, servos, tudo a que estava acostumado – a que estávamos, tu e eu, acostumados, graças à minha prodigalidade e às fortunas rendidas por meus textos e peças teatrais – antes da desgraça que tua pusilanimidade fez desabar sobre mim, ouço o ribombar das explosões intestinas da montanha que, dezoito século atrás, vomitou sua ira sobre os atônitos habitantes de Pestum e Pompeia.

Ribombares que hoje, às vésperas do Natal, uma data piedosa que para mim nada significa, pois que nem pio nem almejante de salvação sou, prenunciam, quiçá, uma nova erupção, como a recente de 1872, para nos arrastar, inocentes e pecadores, sodomitas e cristãos fervorosos, em lava e fogo para as águas pútridas desta odiosa baia de Nápoles, onde minha miséria de exilado encontrou abrigo, desde minha libertação da prisão de Reading, após 18 meses de humilhações e trabalhos forçados, aqui, nesta cidade provinciana e abjeta, oculto por detrás deste ridículo nome de Sebastian Melmoth.

E sinto o fedor, também.
De enxofre.
O Vesúvio comunica sua fúria e ódio exalando a mesma catinga com que Lúcifer sufoca os decaídos na Geena.

Geena, Hades, Vesúvio, enxofre: símbolos demais, alegorias demais, péssima literatura, querido, maldito Alfred, minha desgraça e meu delírio.

Te odeio, te desprezo, me provocas asco, dores de estômago, náusea, ereção.

Tu me abandonaste nesta pocilga, depois de escrever uma covarde carta à tua mãe, implorando por perdão. E dinheiro.

Obtiveste os dois.
Perdeste tua honra.
Covarde Alfred.
Te desprezo.
Tenho por ti horror, repulsa, aversão.
E entretanto.
Entretanto, Alfred...
Penso em ti
Involuntariamente penso em ti.
A todo momento penso em ti.

Penso em ti involuntariamente, contra minha vontade e minha inteligência, contra meu bom-senso, penso em ti e meu peito, meu pênis, meu coração, tudo meu lateja e dói, dói horrivelmente, pulsa ansiando por ti, por tua carne, pela maciez de teu toque, teus lábios, teus louros cachos entre meus dedos, enquanto forço meu membro dentro de tua boca até te sentir sufocando, ah, como queria te sufocar, matar-te, sentir teu corpo desfalecer sob meu corpo, mas não por prazer. Por dor, eu queria. Que prazer me daria ver-te expirar com dor, a mesma que me causaste com tua covardia, com tua hipocrisia, com teu apego às regras da sociedade que tu, tu, Alfred, juravas menosprezar e a mim conduziste à ousadia de estampar publicamente nosso amor, diante do tribunal, o meu amor, o meu ilegal amor, o meu pederasta amor, o meu indecente amor, como classificaram os jornais, os jurados, o juiz, a opinião pública, o teu amor seguramente não, tu, apenas uma vítima diante de todos os bem-pensantes cidadãos da digníssima, respeitabilíssima, hipocritíssima boa sociedade de teu país.

Estou no exílio, Alfred, bem sabes.

Para sempre.

Estou impossibilitado de receber os direitos autorais pagos por meu trabalho, tu bem sabes.

Estou proibido de ver meus filhos, talvez não saibas.

Meus filhos, seguramente não sabes nem te importa saber, trocaram de sobrenome para evitar a vergonha de serem reconhecidos como meus descendentes.

Nada te importa, senão tu mesmo.

Maldito, mil vezes maldito Alfred.

Notaste que não mais me refiro a ti com o apelido tantas vezes sussurrado em teus ouvidos, em nosso leito, quando docemente te despertava, sentindo ainda o perfume de lavanda de tua pele doce na minha pele rude.

Bosie, Bosie, nunca mais Bosie.

Quero-te fracassado, falido, expulso da Casa dos Lordes como a mim expulsaram da Grã-Bretanha, como se minha forma de amor por ti pudesse ser motivo de infâmia, vergonha, opróbio, censura, condenação.

Desterro.

Penúria.

Desprezo.

Palavras que jamais imaginaria ligadas à minha vida.

Palavras de melodramas baratos, indignos de minha obra, toda ela construída sem o mais mínimo dos mínimos sinais de auto piedade, permanentemente crítico à hipocrisia, aos bons modos a ocultar tudo aquilo que vocês, ingleses, praticam sob véus, por trás das paredes de palácios ou pensões baratas, em sua britânica impostura moralista de senhores do mundo, donos de mais da metade deste nosso deplorável planeta habitado por medíocres e minúsculos seres sem imaginação ou originalidade, um amontoado de miseráveis, esta assim-chamada humanidade, um oxímoro ridículo e triste, incapaz de se transformar como podia e deveria.

Maldito, maldito, maldito Bosie.

Viu? Chamei-te como fazia em Londres.

Mas o fiz com espanto, como chamaria um cão, um animal ao qual tivesse dedicado afeto e alimento, e agora vejo descarnado e amaldiçoado na sarjeta.

Em teu caso, maldito Alfred, a sarjeta dos bem-pensantes, da boa sociedade, dos lordes teus pares, das tardes de chá ao lado de tuas empoadas ladies, de teu odioso pai, dos políticos tão impostores e dissimulados quanto és tu.

Alfred, maldito Bosie por quem me desgracei.

A honra, porém, mantenho-a intacta, meu caro lorde Douglas,

E isso tu jamais poderás dizer de ti mesmo.

Te odeio, Alfred.

Te desprezo, Alfred.

E entretanto.

E, entretanto, sinto tua falta, maldito menino.

Falta do calor de teu corpo jovem, pálido e leve, sob o meu, velho e pesado.

Falta de teus beijos. Teus gemidos. Teu prazer.

Vem me ver, Alfred.

Vem me ver.

Pela última vez que seja.

Vem me ver, Alfred.

Sempre teu,
Oscar

Nápoles, 23 de dezembro de 1897

Amor-algorítmico

JACQUES FUX

Querido Algoritmo,
 Eu sei que você sabe mais de mim do que eu de você, por isso eu te amo tanto! Admiro seu cuidado e seu zelo em me oferecer somente as coisas de que gosto. O que seria de mim hoje, sem o seu (o meu) requintado gosto? Sem as suas sugestões de playlist, filmes, jogos, programas, sites, matérias, fotos, vídeos, livros, refeições e até de um match mais que perfeito? Sem a sua atenção em me mostrar a beleza do mundo, das pessoas e, claro, a minha própria perfeição e inteligência?
 Algoritmo querido, como eu poderia continuar vivendo sem a sua incansável perspicácia em me bombear somente com notícias que corroboram com as minhas crenças e certezas (até as mais estúpidas e desvairadas), e me afastar dessas pessoas desprezíveis que – absurdamente – não pensam como eu?! Obrigado, amigo, por mexer tanto e com tanta profundidade nos meus mais escondidos sentimentos. Olha, depois que você surgiu, eu nunca odiei tanto a humanidade! Tinha um vulcão de sentimentos adormecidos aqui dentro que você soube como ninguém despertar, abalar e transbordar. Eu me sinto tão vivo e cheio de razão quando me exalto, brigo, xingo e desprezo aqueles meus amigos de infância – sim, aqueles mesmos que me levaram ao hospital quando precisei, que liguei chorando tantas vezes na minha juventude por conta de um pé na bunda, que deram a voadora no momento exato em que ia perder os meus

dentes da frente (e entortar ainda mais meu nariz) – mas que agora defendem o lado errado da moeda e da política! Eles merecem, sem dúvida alguma – e com o seu aval algorítmico –, meu ódio e desprezo quando replicam aquele post que contraria tudo o que eu penso!

Algoritmo amado, sei ainda que você me dá razão quando rompo os laços com parte da família por curtirem uma foto, um vídeo ou um meme qualquer que comprova a ignorância deles e a minha total genialidade.

Eu sei que você ainda está engatinhando. Que está aprendendo e se aperfeiçoando em razão da sua inteligência artificial. Sei que hoje, se a gente fizer um robozinho e te colocar dentro dele e largar na floresta, você se virará tão bem (ou tão mal) quanto uma barata. Porém, nos próximos anos, você evoluirá e terá a inteligência de um rato, depois de coelho e em seguida de um mamífero. Nesse momento, ainda para a sorte da humanidade, você não terá "consciência" e então seus programadores te imputarão um código (inútil) impedindo de nos fazer mal – as famosas Três Leis da Robótica. Sim, Algoritmo, essas Leis foram concebidas na ficção de Isaac Asimov em 1950, mas serão utilizadas com o objetivo de tentar controlar/limitar os comportamentos e as decisões dos robôs que um dia serão mais avançados que a "inteligência humana". São elas: 1) um robô não pode ferir um humano ou, por inação, permitir que um humano sofra algum mal; 2) os robôs devem obedecer às ordens dos humanos, exceto nos casos em que tais ordens entrem em conflito com a primeira lei; 3) um robô deve proteger sua própria existência desde que tal proteção não entre em conflito com a Primeira ou Segunda Leis.

Mas o tempo vai continuar andando e você, Algoritmo, continuará se refinando. E se tornará, sem dúvidas, um deus no sentido estrito da palavra. E não será você que irá extinguir a raça humana, mas nós mesmos!

Nesse futuro, nem tão distante assim, estaremos grande parte do nosso tempo imersos no tal do metaverso. Transumanos privados do livre-arbítrio – se é que algum dia isso existiu. Eu me lembro (e você conhece todas as minhas lembranças e escritos, Algoritmo-adivinho) de um texto do Borges, o "Ímã". "Havia certa vez um ímã e na vizinhança viviam umas limalhas de aço. Um dia, a duas limalhas ocorreu subitamente visitar o ímã e começaram a falar do agradável que seria esta visita. Outras limalhas próximas apanharam a conversa a meio e o mesmo desejo as tomou. Se juntaram outras e ao fim todas as limalhas começaram a discutir o assunto e gradualmente o vago desejo se transformou em impulso. Por que não ir hoje?, disseram algumas, mas outras opinaram que seria melhor esperar até o dia seguinte. Enquanto isso, sem perceber, foram se aproximando do ímã, que estava muito tranquilo, como se não se houvesse dado conta de nada. Assim prosseguiram discutindo, sempre se aproximando do ímã, e quanto mais falavam, mais forte era o impulso, até que as mais impacientes declararam que iriam nesse mesmo dia, o que quer que fizessem as demais. Ouviu-se dizer a algumas que seu dever era visitar o ímã e que fazia já tempo que lhe deviam esta visita. Enquanto falavam, seguiam inconscientemente se aproximando. Ao fim, prevaleceram as impacientes, e, em um impulso irresistível, a comunidade inteira gritou: – Inútil esperar. Iremos hoje. Iremos agora. Iremos no ato. A massa unânime se precipitou e ficou agarrada ao ímã por todos os lados. O ímã sorriu, porque as limalhas de aço estavam convencidas de que sua visita era voluntária". Você é o nosso ímã, Algoritmo? Nossa ilusão de "livre-arbítrio?

Maldito!

Sei que você, Algoritmo-satanás, já tendo hackeado todas as emoções e desejos humanos (teremos mais alguma pulsão de vida ou de morte?), nesse metaverso que se anuncia como Paraíso, mas que nada mais é do que o próprio Inferno (porém nunca saberemos disso), se nutrirá do nosso desespero despejando descargas elétricas de endorfinas e gozos diretamente nos nossos implantes cerebrais, nos deixando para sempre com um sorriso aterrorizador, bobo e feliz nos lábios.

Muitos morrerão literalmente de prazer! Em seu nome!

Eu me lembro (e você já sabe disso) de uma história recontada por Gershom Scholem e revisitada por Godard: "Quando o pai do pai do meu pai se encontrava diante de uma tarefa muito difícil a ser realizada, ele caminhava para um certo lugar na floresta, acendia um fogo e mergulhava em uma oração silenciosa. E o que ele precisava concluir se realizava. Quando mais tarde, o pai do meu pai se encontrava confrontado diante da mesma tarefa, ele caminhava para o lugar na floresta e dizia: 'Nós não sabemos mais acender o fogo, mas ainda sabemos dizer a oração'; e o que ele precisava concluir se realizava. Mais tarde, o meu pai também foi para a floresta e disse: 'nós não sabemos mais acender o fogo, nós não conhecemos mais os mistérios da oração, mas nós conhecemos o lugar preciso na floresta onde tudo isso acontecia e isso deve ser o suficiente'. E foi o suficiente. Mas, quando chegou a minha vez de enfrentar a mesma tarefa eu fiquei em casa e disse: 'Nós não sabemos mais acender o fogo, nós não sabemos mais dizer a oração, não sabemos nem mesmo onde se encontra o lugar na floresta, mas nós sabemos contar a história.'"

Algoritmo-vampírico, alguns ainda imaginarão que uma memória individual persistirá. Grande engano. Neste futuro cada um haverá de ter a memória para satisfazer as próprias vontades. Não existirá mais a memória coletiva, nem a história cultural e patrimonial. Não existirão mais os lugares de memória – esse lugar que "escapa do esquecimento e que uma comunidade o reinveste com seus afetos e suas emoções" – como Pierre Nora postulou. Sim, Algoritmo-perverso, o fim da guerra das memórias, da concorrência das memórias e todas das narrativas já que cada um dos transumanos hackeados poderá construir a sua memória, a sua história, o seu passado e o seu futuro – e o você será o responsável para que tudo faça sentido e seja certeza. Não teremos mais uma história única e uma verdade plena como conclamou George Orwell ou como movimentos políticos tentaram fazer (e a gente até tinha medo disso! Com você, tudo é bem pior!). Não, nada disso acontecerá. Haverá apenas algo único, certo, certeiro, indubitável, indiscutível. Com o fim da Filosofia, seremos escravos alegres e donos da "verdade"! Da nossa própria verdade.

Ah, Algoritmo-bandido, eu quereria um outro futuro. Um futuro em que pudéssemos ser novamente um *flâneur*. O *flâneur* como alguém que ainda dispõe de fragmentos de uma verdadeira experiência histórica. Que, sabendo da distância que o afasta dessa experiência, representa uma busca inédita por uma consciência histórica atual. Alguém disposto a se perder numa cidade – mais imprecisamente no tempo, na história, na memória e no espaço –, como alguém que se perde numa floresta. Alguém que captura imagens instantâneas do momento, flashes instantâneos que marcam uma forma nova do pensar e do agir. Como disse Walter Benjamin, andando de mãos dadas com Baudelaire: "Os homens de gênio, em sua maioria, foram grandes *flâneurs*; mas *flâneurs* laboriosos e fecundos... Muitas vezes, é na hora em que o artista e o poeta parecem menos ocupados com sua obra que eles estão mais profundamente imersos nela. Nos primeiros anos deste século, via-se todo dia um homem dar a volta nas fortificações da cidade de Viena, não importando o tempo que fizesse, neve ou sol: era Beethoven que, flanando, repetia em sua cabeça suas admiráveis sinfonias antes de lançá-las no papel".

Eu quereria ser, tornar e sentir-me um *flâneur cósmico*. Viajando perdido, desatento, desligado e desconectado. Pronto para o vislumbre, para a epifania, para "um flashback cinematográfico que permite a consciência da não-linearidade da história"? Mas não será possível. Você, Algoritmo-maldito, não permitirá. Nós não mais nos perderemos. No futuro, nunca estaremos desocupados em algum momento ou instante. Não mais estaremos prontos para o acaso, para a surpresa, para a desilusão – apenas seguiremos enganados e enganando.

Algoritmo, você sequer permitirá que a gente morra. Já estamos por aí, vivendo literalmente nas nuvens e, mesmo que estejamos debaixo da terra, permanecemos falando besteira e marcados nas redes sociais. No futuro, você ainda fará um download das nossas mentes – o que será bem fácil e simples, já que nos terá hackeados – e, a partir daí, viveremos para sempre. O desejo dos estúpidos e a maior maldição de todas. A imortalidade.

Bom, mas como eu não tenho mesmo opção, melhor que me deixe amando (e gozando) para sempre com os meus posts, minhas certezas e verdades. Vivendo minha ignorância ao lado do meu grande amor-algorítmico.

Querido Henrique, homem, lugar, casa de pedra

ANA PESSOA

—

São sete da manhã e o sol ainda não nasceu. Estou na cozinha a tirar um café. Um corvo pousa na varanda e eu assusto-me. É um corvo grande, negro e macabro como as noites de inverno. Olho para ele e penso em ti, penso nos nossos filhos, penso neste inverno que não passa, penso na minha vida inteira, na janela do meu quarto de infância, na lareira em casa dos avós, penso na avenida que eu descia até à estação, penso naquele cinema onde nunca fui porque, antes de ter idade para lá entrar, esse cinema passou a ser uma igreja, que depois passou a ser um centro espiritual, e agora não sei ao certo. Há anos que não desço nem subo essa avenida e tenho pena de nunca ter ido a esse cinema.

 O corvo saltita pela varanda e depois atira-se num voo tranquilo até ao horizonte e eu fico a vê-lo voar. Sinto-me um pouco vazia, um pouco desiludida talvez, por causa da distância cada vez maior entre mim e o corvo, por causa deste meu cansaço, por causa deste meu corpo insuficiente que nunca há de aprender a voar, por causa desta chávena de café que não é propriamente bonita nem elegante. Apercebo-me então de que este meu encontro com o corvo grande, negro e macabro jamais teria acontecido, se eu não tivesse ido à cozinha, se eu não tivesse ficado a olhar para a varanda, se nós não vivêssemos aqui, no terceiro andar deste prédio de esquina. A verdade é que, se dependesse de mim, nunca teríamos mudado de casa, o que seria uma estupidez. Este apartamento é tão melhor do que o outro e tu percebeste logo isso, tu percebes sempre tudo, meu tão grande amor. Lembro-me bem do teu entusiasmo com esta casa, os corredores longos, a sala ampla e as janelas até ao chão, a luz a entrar real, esplêndida, completa.

Tenho sido feliz aqui, na nossa casa, no nosso amor de vento e fúria, eu, tu e os nossos três filhos. Tenho sido tão feliz. Um dia hei de escrever-te uma carta a dizer precisamente isso, de que sou tão feliz em todas as horas, incluindo nestas noites de inverno que não acabam nunca. Bebo o meu café e agora penso nos prédios de esquina onde vivi até hoje: o prédio da minha infância, aquele meu quarto alemão numas águas-furtadas, o nosso primeiro estúdio naquela rua íngreme e agora este nosso terceiro andar. Um dia hei de escrever sobre isto também, sobre estes prédios de esquina. Um dia hei de escrever sobre todas as coisas, meu amor. Hei de escrever sobre esta manhã, sobre esta chávena de café, sobre os nossos três filhos que dormem, sobre este corvo que pousou na varanda, sobre o teu corpo adormecido, o teu braço esticado sobre o meu lado da cama. São sete da manhã e agora sinto em mim um certo conforto, um certo domínio sobre a vida, porque todos os rapazes dormem: o meu marido e os nossos três filhos. O descanso é bom, silencioso, inofensivo. Nunca me habituei a dizer: o meu marido. Digo sempre o teu nome: Henrique.

Tenho fantasiado com a tua morte. Perdoa-me. Ainda há pouco, quando vi o tal corvo grande, negro e macabro, me perguntei se ele seria um mensageiro fúnebre e, enquanto pensava na vida inteira, naquele cinema onde nunca fui, nos prédios de esquina onde vivi, pensava também nessa ideia terrível, nesse assombro, nessa certeza, aliás, de que um dia hás de morrer, de que poderás morrer a qualquer momento, de que poderias ter morrido entretanto e de que esse corvo poderia ter vindo até à nossa varanda precisamente para anunciar a tua morte. Já sabes que a minha imaginação é grande, negra e macabra como as noites de inverno, como este corvo que pousou na varanda.

Eu penso na tua morte e também penso no anúncio da tua morte. Imagino-me a deambular pelos corredores do supermercado, sempre ligeiramente perdida, hesitante, aflita, a olhar para uma lista de compras que nunca é muito específica, uma lista geral e inútil que diz assim: fruta, legumes, flocos, iogurtes, e imagino então o meu telemóvel a vibrar e todo o meu corpo a vibrar também, uma voz seca, desconhecida, impenetrável, a perguntar-me se sou tal pessoa e se tenho este grau de parentesco com o senhor assim assim. Imagino o meu tom agressivo, indignado, ainda sem saber da tua morte, a dizer que ninguém me pode telefonar e fazer perguntas sem dizer ao que vem. Imagino essa voz seca, impenetrável, a interromper o meu discurso, a dizer-me o seu nome e a sua profissão. Projeto quase sempre uma voz masculina, um nome masculino. Imagino-o bombeiro, enfermeiro, paramédico, polícia. E fantasio então com o anúncio da tua morte. Imagino o período de tempo que decorrerá entre o anúncio e a minha perceção. A tua morte feita onda sonora a entrar pelo meu canal auditivo, a derrubar o meu tímpano, a tua morte a percorrer o labirinto do meu ouvido, a chocar contra todos os pedaços de mim, células sensoriais, membranas, fibras, a tua morte transformada num impulso elétrico, a atravessar o nervo auditivo, a aterrar no meu cérebro, a penetrar na minha consciência, a abraçá-la, a arrastá-la para fora de mim. Hei de largar o telemóvel e a vida, hei de cair redonda no chão, morrer logo aqui agora já, o meu corpo estatelado no meio do supermercado ou no meio da rua, a impedir a passagem dos concidadãos, e mesmo na morte hei de sentir um certo embaraço, hei de pedir desculpa pelo meu corpo, pela minha existência, coitados dos concidadãos que não podem passar e coitados também dos nossos três filhos, que vão perder o pai num acidente de viação, num incêndio, numa catástrofe natural, e hão de perder logo a seguir a mãe que não aguentou a emoção, a perceção, que mãe mais fraca dos sentimentos, vão pensar os nossos filhos, e eu peço desculpa também a eles, que ficaram órfãos de repente. Bem que eles mereciam uma mãe melhor, uma mãe mais firme, mais capaz, mais adequada.

São sete da manhã, o sol ainda não nasceu e eu pergunto-me se a morte será assim grande, negra e macabra como estas noites de inverno, como o corvo que pousou na varanda, como a minha imaginação, e tenho muita pena que um dia destes o mundo continue sem nós. Sinto um prenúncio de revolta com a ideia de que o mundo se esqueça do teu assobio e dos teus ombros sólidos, meu tão grande amor. Como é possível o mundo continuar sem a tua voz e as tuas opiniões vincadas, as frases que dizes assim do nada e continuam a surgir em mim como espasmos, sobressaltos, palpitações? Ainda ontem disseste, por exemplo, que tudo o que vive é observável e mensurável, absolutamente tudo, que nada escapa ao olhar da ciência, e eu bebo café e pergunto-me se este nosso amor será, também ele, observável e mensurável, se ele poderá vir a ocupar o tempo e o espaço depois de nós, depois dos nossos filhos, se o nosso amor poderá permanecer neste mundo, pairar sobre ele como uma nuvem, como um arco-íris, como um corvo grande, negro e macabro.

 E depois, como num sonho, imagino que afinal não morri depois da tua morte e cuido até de todos os pormenores. Falo com os médicos, com o banco, com a agência funerária. Escrevo um belíssimo epitáfio e as pessoas hão de dizer que estou bastante calma, lúcida, apta, que ainda sei tratar de mim e dos meus filhos, que me penteio de manhã, mas eu hei de sentir que até nisso falhei, que não fui capaz de morrer de amor, que sempre fui e, pelo visto, continuo a ser, e serei para toda a eternidade uma autêntica fraude. A viver, a morrer, a amar, a escrever, a cuidar.

 Um dos nossos filhos chora. Pouso a chávena de café e vou até ao quarto dos nossos filhos. O bebé acalma-se nos meus braços e eu não consigo resistir à ideia de que também ele há de morrer um dia e de que eu não vou poder salvá-lo, de que ninguém escapa ao desaparecimento. O nosso filho dorme ainda nos meus braços e eu fico a vê-lo dormir, o nosso filho pequeno, indefeso, mais que perfeito, e entretanto cedo novamente aos meus devaneios líricos e faço uma espécie de oração à vida, na qual desejo que os nossos três filhos venham a viver muitos anos e que a certa altura encontrem um amor assim, um amor grande, negro e macabro como a vida, um amor de todos os dias e de todas as noites de inverno e desejo também que o seu maior sofrimento seja o medo colossal de perder esse tão grande amor, a antecipação da dor, a perda irreversível. E nisto escrevo uma carta dentro da cabeça enquanto embalo o nosso filho adormecido e nessa carta trato-te por Henrique, homem, lugar, casa de pedra, e digo-te simplesmente que tu foste, és e serás sempre a manhã que entra pela janela, a luz real, esplêndida, completa nesta vida tão grande, negra e macabra como as noites de inverno, como o corvo que pousou na varanda, como a morte, como a minha imaginação, como este meu amor por ti, e de súbito tu surges na ombreira da porta, o teu sorriso cansado, cuidadoso, iluminado, e eu sinto alívio, prazer, esperança por tu estares vivo, por tu existires ainda, e por aquele corvo de há pouco ser apenas uma ave de passagem e não um mensageiro fúnebre, por o sol nascer mais uma vez e a vida me permitir mais este dia contigo, com os nossos três filhos, neste nosso terceiro andar de um prédio de esquina.

Todas as palavras esdrúxulas,

Como os sentimentos esdrúxulos,

São naturalmente

Ridículas.

ÁLVARO DE CAMPOS

Cartada
JESSÉ ANDARILHO

―

Rio de Janeiro, 27 de dezembro de 2021. Querida Maria Luiza, escrevo essa carta respeitosamente para te dizer que sinto muito por tudo isso que fiz você passar.

Eu nunca havia escrito uma carta antes, mas já que você não atende as minhas ligações, visualiza as minhas mensagens no WhatsApp e não me responde e como estou barrado na portaria do seu condomínio, achei que escrever essa carta para você seria uma boa ideia para eu poder te dizer tudo o que aconteceu comigo.

Sei que nada que eu fale ou escreva por aqui vai apagar ou diminuir o que você está sentindo, e com toda razão. O problema não está em você, e sim em mim. Eu sei que não mereço nem chegar perto de você, mas a questão aqui não é merecimento, e sim o sentimento.

Começo me desculpando e abrindo o meu coração inteiramente para você e te digo que tudo o que aconteceu com a gente foi verdadeiro, e isso ninguém nunca vai poder tirar da gente. A sua presença me completa e sou outra pessoa quando estou ao seu lado. O problema é quando não estamos juntos, tem alguma coisa em mim que muda e adiciona a quantidade de álcool no meu organismo, mais os stress aqui do meu trabalho, eu viro uma bomba relógio e às vezes perco o controle do meu corpo e das minhas atitudes.

Já tomei até algumas suspensões aqui no meu trabalho e confesso que corro risco até de perder o meu emprego e ficar sem ter como levar o sustento para a nossa família por conta dos vacilos que andei cometendo.

    Por isso não vou mentir dizendo que as fotos que você me mandou são montagens, eu realmente estava presente e fiz o que as imagens comprovam, porém não me orgulho de te dizer isso, mas estou arrependido de tudo o que fiz.

    O meu maior problema está na bebida. Eu só faço essas coisas quando estou bêbado, mas quando estou sóbrio tudo fica diferente e sou a pessoa maravilhosa por quem você se apaixonou. E é essa pessoa que está escrevendo essa carta para te dizer o quanto te ama e precisa de você para viver uma vida justa e digna.

    Conversei com um pastor amigo meu e ele me revelou que fizeram trabalho pra mim e é por isso que a minha vida não está indo pra frente, e que a cada passo que dou adiante, coisas ruins acontecem e acabo tendo que voltar dois passos e assim sucessivamente.

    Tirando essas coisas, sou uma pessoa amorosa, carinhosa e que sempre faz de tudo para te fazer feliz. É por isso que te peço mil desculpas e não espero que você me perdoe, mas saiba que estou te dizendo a mais pura verdade.

    A bebedeira, a putaria, os bacanais, e as traições só acontecem quando estou sob o efeito do álcool e isso é realmente um problema que precisa ser resolvido.

    De cara limpa eu sou o melhor homem do mundo, o único problema é que sou alcoólatra e bebo todos os dias.

    Com amor,

                                  Túlio

    Rio de Janeiro, 31 de Dezembro de 2021
Maria, não sei se você leu a outra carta que te escrevi. Se não leu, não leia, mas se leu, foi mal, acho que não fui muito bom com as palavras, mas sou assim mesmo e não sei como mudar.

    Você sabe das minhas paradas com a bebida e com as noitadas. Chego em casa bêbado, mas nunca te bati, até mesmo quando você me deu motivos para fazer isso.

    Você é minha mulher e não tem o direito de proibir a minha entrada na nossa casa, até porque fui eu que comprei a casa e a casa é nossa e da nossa filha que deve tá com saudades de mim.

Agora essas coisas de direitos iguais estão me dando nos nervos, e daqui a pouco vocês mulheres estarão nos esmagando se a gente der mole e é isso que não podemos deixar acontecer.

Eu soube que estão tentando aprovar umas leis que vão poder ajudar vocês na justiça e nós homens não vamos ter direitos a mais nada.

Mas isso nem me importa mais, o que me importa é que você é minha mulher e não pode me ignorar. Escrevi essa mensagem para você e coloquei na porta da casa da sua mãe, pois consegui entrar na nossa casa e você sumiu com a minha filha e com alguns dos móveis que comprei com o suor do meu trabalho.

Sou capaz de deixar tudo isso pra trás e deixar você voltar pra mim e ser feliz ao meu lado em 2022, como você sempre foi, até voltar a estudar e andar com essa galerinha maconheira da faculdade.

Eu ainda te amo e te perdoo por tudo.
Túlio

Pichação no muro da sogra
Eu amo vocês - Maria Luiza e Dudinha

Rio de Janeiro, 26 de abril de 2022
Excelentíssimo Senhor Doutor Juiz de Direito da 11 Vara de Família da Comarca do Rio de Janeiro.

Maria Eduarda Souza Silveira, menor impúbere, neste ato representado por sua genitora Maria Luiza Souza, brasileira, solteira, estudante, residente e domiciliada na Estrada do Outeiro Santo 1333, por meio de seu advogado infra-assinado, vem, respeitosamente, perante Vossa Excelência, propor AÇÃO DE ALIMENTOS em face de Túlio Virgílio Silveira, brasileiro, solteiro, estoquista, residente e domiciliado na Estrada Outeiro Santo 1444 bloco 4 as 302, pelos fatos e fundamentos a seguir expostos:

DOS FATOS

1. A genitora do menor viveu em união estável com o Requerido durante 06 (seis) anos.
2. Desse relacionamento nasceu Maria Eduarda Souza Silveira aos 12 de setembro de 2015, conforme certidão de nascimento anexa.
3. O relacionamento foi encerrado em função de o Requerido ser alcoólatra, tendo exposto a mãe e a filha a recorrentes constrangimentos e ameaças, os quais poderiam comprometer a saúde física e psicológica da Requerente.
4. Com o rompimento do relacionamento entre a genitora da menor e o Requerido, a criança permaneceu sob a guarda exclusiva da mãe.
5. Após o rompimento, o Requerido nunca auxiliou a genitora da filha comum em sua criação.
6. A mãe não tem condições de arcar sozinha com as despesas da filha, uma vez que se encontra desempregada e que, com a idade em que a menor está, suas necessidades com alimentação, vestuário, medicamento e outros são várias.
7. O Requerido, por sua vez, é pessoa jovem e saudável, com plena capacidade laborativa, estando apto a prover o auxílio material do autor.

DO DIREITO

Consoante a dicção do art. 1.696, do Código Civil: "O direito à prestação de alimentos é recíproco entre pais e filhos, e extensivo a todos os ascendentes, recaindo a obrigação nos mais próximos em grau, uns em falta de outros".

Ainda de acordo com o mesmo diploma legal, art. 1.703, "Para a manutenção dos filhos, os cônjuges separados judicialmente contribuirão na proporção de seus recursos".

Tendo em vista que a genitora do Requerente vem passando por grave dificuldade financeira, uma vez que está desempregada, não resta outra alternativa ao

Autor senão a de requerer alimentos de seu pai, que possui condições de arcar com tais despesas.

DO PEDIDO

Ante o exposto, requer digne-se Vossa Excelência:

a) a citação do Requerido para, querendo, contestar a presente ação;
b) a concessão de alimentos provisórios, devidos desde a citação do Requerido, no importe de meio salário-mínimo;
c) a total procedência do pedido, condenando o Réu ao pagamento de alimentos ao Requerente, na proporção de meio salário-mínimo mensais, a ser depositado todo dia 05 de cada mês na conta bancária Itaú AG 0000 CC 04444-5, de titularidade da genitora do Requerente;
d) a condenação do Requerido no pagamento das custas processuais e honorários advocatícios.
e) a concessão do benefício da Assistência Judiciária Gratuita, para isentar de custas e despesas judiciais, nomeando-se o signatário seu defensor;
f) a intimação do Ministério Público para intervir nesta demanda, nos termos do art. 178 do CPC.

Protesta provar o alegado por todos os meios de prova em direito admitidos, requerendo desde já o depoimento pessoal do Requerido.

Nesses Termos,
Pede Deferimento.

Rio de Janeiro, 08 de maio de 2022
Mria Luiiza,
Custei muuto a de respondr, até agira não acredito. Dexo escrita aqui que penso de você, gue abadonoi seuy mariso por ganancia, spo pensa e dineiro. Vose jogu fira a minah vida junto conb a sua e da nosa filha.

Mas se fudeu queirendo pensão, poirque fui demitudo do emprego, porgue abrazei a bebida direto, voi soi o que voce me deixou.

Obrguiado por faser de min um merda na vida. Nunga vou te perdoar.

Tulio

Ridendo castigat

HENRIQUE RODRIGUES

---

14 de fevereiro

Guilherme,

Ainda estou impactada desde o que aconteceu semana passada. Só agora, depois de retomar o fôlego, acho que consegui parar e tentar colocar em palavras essa profusão de sentidos que foi o nosso encontro.

Processando ainda, sabe? E me lembrei de nós dois, deitados, você contando algo engraçado fazendo com a mão aquele sinalzinho de piadinha com o polegar e o indicador, me assinalando o *timing* necessário para o seu enunciado. E eu fiquei assim nesses dias, como quem é lentamente surpreendida por uma novidade prazerosa.

Quem diria que o carinha que vagava pelo bloco de Carnaval com chapéu de cozinheiro e um cartaz no peito dizendo SEU CUCA É EU seria tão inteligente e sensível. Você me faz rir com esse jeito moleca. Parece, na verdade, a manifestação encarnada do conceito de amor *ludus* definido pelos gregos. (*Risos*)

Sigo aqui, suspirando...
Curtindo o momento,

Sylvana

08 de maio

Gui,

Nem parece que já se passaram três meses. Como você disse, passamos da fase de experiência, e nos efetivamos, carteira assinada e tudo. É difícil sim conciliar namoro com qualquer coisa, ainda mais entre um publicitário e uma professora universitária. Fico feliz porque nossos universos se encontram no conhecimento, mesmo que eu precise de algum tempo para acompanhar o seu pensamento tão ágil.

E já nos definimos: sou assim, apolínea, e você dionisíaco. Esse equilíbrio me faz feliz, e o seu riso fácil e bobo me traz uma leveza que nem sei mensurar. Como disse Henri Bergson, numa sociedade perfeita as pessoas não iriam chorar, mas certamente ririam. É essa a cidade para onde eu me mudo quando estamos juntos.

Um de nós iria dizer isso a qualquer momento, então tomo a iniciativa: te amo.

Da sua
Syl

13 de junho

Gui,

Se adorei a surpresa de Dia dos Namorados? Curti sim. Mas parcialmente, preciso dizer, porque combinamos de ser sinceros um com o outro sempre, lembra?

Então, você me levar para um lugar desses de *stand up* foi bacana. Com efeito, uma grande novidade para mim. Até gosto de *Seinfeld*, mas aprecio mais aquele riso sutil, caminhando para o *humour* inglês, talvez pela profissão. Mas tenho nisso certa flexibilidade dentro do meu campo de preferências, de Sterne a Shakespeare, de Swift a Monty Python, e por aí vai.

Daí meu estranhamento, no início bretcheano, depois mais carioca mesmo, quando você foi para o palco e começou a fazer uma sequência de chistes sobre a condição da vida a dois, namoro, casamento, agruras de um casal, até que, em dado momento apontou para mim.

"Tá aqui a minha Syl, que nunca peidou" foi uma frase que me pegou desprevenida e, passado o constrangimento inicial, veio o sorriso amarelo que só fez aumentar a mistura de palmas (para você) e zombaria (para mim, né?).

Enfim, achei por bem te dar esse toque. Sem, no entanto, parecer que estou sendo censora ou que não te ache engraçado, pois isso você é. Talvez seja apenas o caso, bem sutil, de entender o contexto e a adequação do discurso. E vou parar por aqui pois corro o risco de escrever um ensaio sobre os limites do humor na sociedade. Reconheço o apelidinho que você me deu: teoriquieta.

Amor e tolerância,
Syl

02 *de agosto*

Gui,

Achei que seria hora de falar um pouco sobre o assunto, pois vem me incomodando um pouco. Aceitamos nossas idiossincrasias com todo o afeto possível. Tenho o meu jeito, você tem o seu, e na loucura a que nos lançamos nesses meses é natural que estejamos nos influenciando cada vez mais mutuamente. Como em qualquer casal, essa balança sempre pesa mais para um dos lados. Tenho notado que me tornei mais bem-humorada para as questões da vida em geral, porém não lhe tenho visto mais analítico. Pretensão minha, claro, pois é fácil uma pessoa séria se tornar mais leve, pois exigir que um indivíduo que acha graça de tudo se torne mais sisudo é uma crueldade, não é?

De todo modo, é importante dizer isso porque, pela reincidência, talvez você não tenha entendido os vários sinais que enviei: não considero adequadas as piadas que você conta durante o sexo oral – tanto quanto faz quanto recebe, cumpre mencionar. Ostra no bafo, Mamadou Ba, bola gato, pirocóptero e tantas analogias pronunciadas durante o nosso ato íntimo não me fazem ter mais prazer, se é que foi a sua intenção, porque acredito, tendo apenas eu ali, que não haveria outra pessoa para quem você estaria se dirigindo com tais (intencionais apenas) gracejos.

Não consigo ter raiva de você, nem de ninguém, pois nessas horas, trabalhando o sentimento enquanto escrevo, recorro a fichamentos mentais, a fim de dar sentido aos probleminhas da vida. Daí que agora penso logo na estética da recepção e me vem à cabeça um trecho de Wolfgang Iser, mas prefiro não citar.

Viu como é fácil? Tome essa hesitação como um exercício de bom senso para refrear o seu ímpeto de trocadilhos. Tudo tem hora, *baby*.

Afeto,
Syl

17 de setembro

Gui,

    Você há de concordar que a noite de ontem deve ser esquecida por nós dois, certo? Meus níveis de sociabilidade variam quando estou alcoolizada, como acontece com todos. O vinho me derruba facilmente, e sou daquelas que, depois da terceira taça, ri de qualquer coisa, vermelha feito um pimentão. Tal cenário, um solo fértil para que você lançasse uma sequência de imitações e *gags* a torto e a direito. Não imaginaria nada diferente.

    Meus pais vieram nos visitar pela primeira vez, e você sabia que são acadêmicos rígidos. Não acredito que precisássemos de qualquer *mise-en-scène* para aparentar qualquer coisa a eles. Anos de análise me levaram à conclusão de que não preciso provar nada àqueles dois.

    De todo modo, era necessário fazer aquele tipo de performance? A piada do homem que pisou no Viagra e o sapato comeu a meia certamente deixou o meu pai desconfortável. Nem quero saber se ele usa esse tipo de medicamento, e agora é praticamente inevitável pensar sobre.

    Já devem ter dito isso mil vezes: você é dessas pessoas que contam as piadas e, imediatamente, começam a rir, como quem puxa as próprias palmas, mas não vê que em muitas vezes é como se o tiro saísse pela culatra. Uma pessoa próxima notou que não paro de revirar os olhos.

    Minha mãe, apesar de mais avançada – e você sabe como ela foi pioneira nos estudos sobre feminismo na universidade brasileira, ambiente tradicionalmente misógino –, certamente ficou impactada. Ela se dirigia a você quando disse que os gregos ultrapassavam o *métron* e por isso eram punidos pela *húbris*, o castigo divino. Foi logo depois de você contar aquela da professora, o Juquinha e o picolé, que já ouvi cem vezes.

    Recebi dela uma mensagem pelo celular há pouco dizendo apenas "Sem comentários". Paro por aqui sugerindo, com toda a dialogicidade possível, que reflitamos sobre o episódio.

                   Beijo de ressaquinha,
                                 Syl

23 de outubro

Guilherme,

Definitivamente, você deve sofrer daquela doença chamada *witzelsucht*. Não precisa ir ao Google, caso ninguém ainda tenha te falado isso diretamente. Resumindo: é uma patologia neurológica em que o indivíduo, descontrolado, desanda a falar piadas sem graça alguma. E é assim que tenho visto você, com todo o respeito, mas também com bastante frustração.

Quase simultaneamente, demos um passo nas nossas carreiras. Quando me tornei diretora do Departamento de Letras e você começou a escrever para aquele famoso site de piadas. Sim, sei que é mais que isso: portal não sei das quantas com esquetes etc. Mas tenho todo o direito de me desinteressar pelo seu universo, uma vez que você, no nosso jantar de comemoração, diante dos meus colegas, parecia se exibir para os seus amigos roteiristas contando piadas temáticas. A da "doutora gostosa" que diz no fim "dei certo na vida" pode ter arrancado gargalhadas da sua turminha, mas seu falsete com o discursinho machista não poderia nos causar nada além de profundo esgar.

Seu humor é, definitivamente, anacrônico. E eu estou furiosa.

Metódica que sou, tento buscar entendimento sobre isso tudo. Antes de escrever esta mensagem, fui reler "O chiste e sua relação com o inconsciente", texto seminal de Freud... Ah, claro, ao ler este texto você já deve estar pegando o termo "seminal" e criando uma piada de sexta série, associando a masturbação. Talvez sua mente seja assim mesmo, estacionada na adolescência do muito riso/pouco siso, olhando o mundo com perspectiva onanística e redundante. E que bom que isso ainda te dê dinheiro, Guilherme, que bom.

Cansada e triste,
Syl

14 de dezembro

Guilherme,

Fiquei feliz em saber que, após a nossa separação, você foi se tratar. Espero que não tenha sofrido e que sua demissão do site também não tenha sido decorrente desse fato. Só agora pude digerir a culminância do processo pelo qual passamos nos últimos dias, e me restabelecer como pessoa e mulher. Em dado momento, seu jeito exageradamente pícaro de ser despertou a minha inerte fúria de Iansã, que explodiu numa tempestade cuja devastação tinha tão-somente o objetivo de te arrastar para longe da minha vida. E você foi.

Seguimos nossas vidas. Se por um lado soube que você tem andado taciturno, reprimindo seu impulso natural de aspergir piadas sobre tudo e todos, saiba que por outro tenho me dado o direito de rir *tout le temps*. Durante uma fala recente no congresso de literatura comparada, não me contive e improvisei uma frase – da qual não me lembro agora – com grande nível de sarcasmo. Aquele desvio repentino de paronomásia e jogo semântico parece ter surpreendido toda a plateia, que gentilmente retribuiu com gargalhadas e palmas. E veja, nem precisei pronunciar chulo para isso. Talvez esteja descobrindo um novo talento.

Alguma vez cheguei a mencionar o inglês Thomas Hobbes? Claro, você não se lembraria, a não ser que eu tivesse falado com uma dancinha dessas de redes sociais. Vou traduzir antes de encerrar essa mensagem derradeira e sair para um vinho: rir é também estar por cima da carne seca, *darling*.

É um pouco assim que me sinto agora, olhando a certa distância tudo o que aconteceu neste ano louco, como se dissesse a mim mesma: "Daqui a um tempo você vai rir disso tudo. Estará serena e leve. E graciosamente livre".

Rindo sozinha,
Sylvana

A sua voz
NATALIA TIMERMAN

Meu amor,

Ontem aconteceu de novo.

Aconteceu de novo, mas eu talvez só tenha notado o acontecimento a partir da recorrência. Foi a partir do incômodo da segunda vez que pude entender, identificar como incômodo o que senti da primeira; localizá-lo, associá-lo a outras coisas, a questões nossas. Descobrir, talvez, essas questões escondidas, como que postas debaixo do tapete da nossa sala junto com poeira e com peças perdidas dos brinquedos de quando nossa filha era menor. Por isso te escrevo, escrevo enquanto vou pensando; enquanto repasso nossos anos juntos e o que aquilo, sua mudança de voz, me fez entender. Foi algo esse incômodo como se eu tivesse levantado o tapete e visto aquela sujeira toda, acumulada por anos, composta de muito pó e de pedaços de coisas que nem existem mais, o peão de um jogo do qual nos livramos há tempos, um dado, uma peça de montar que, única, não tem serventia nenhuma, é só o símbolo de uma era que já passou, símbolo tanto da passagem quanto das marcas que não conseguimos apagar.

Eu estava no quarto quando te escutei ontem; achei que você falava comigo. Sua voz, ouvi de longe, era doce, doce como nos primeiros tempos, aquele tom de afago quando você me pedia, sei lá, pra te passar a manteiga, quando você me contava qualquer coisa do trabalho, ou me convidava pra ir ao cinema. Mas eu estava longe, no quarto, e não entendia exatamente o que você dizia. Fui até você, sua voz se aproximando, as palavras ficando mais claras, o horário, a reunião, e entendi que você estava falando ao telefone. Que a voz doce não era para falar comigo, você falava com outra pessoa, não importa com quem, isso não vem ao caso; não foi ciúme o que senti, nem perto disso. Acho que senti apenas o peso de uma constatação.

E então me lembrei de um dia em que estávamos no supermercado, nós dois e nossa filha, algumas semanas atrás, estávamos diante dos queijos, lembra?, aquele lugar frio, já nem sei sobre o que falávamos, se é que falávamos alguma coisa. Mas acho que sim, dizíamos qualquer coisa, porque percebi, constatei agudamente talvez pela primeira vez, a mudança na sua voz, no tom dela, ao falar com aquele seu amigo das antigas que apareceu por lá, amigo não, colega, mas com quem você falou de um jeito muito mais próximo, aberto, afetuoso do que fala comigo. Eu o cumprimentei, continuei colocando no carrinho as coisas que estavam na nossa lista enquanto vocês trocavam algumas palavras sobre o tempo sem se ver, sobre a volta do carnaval, sobre qualquer coisa. E então, de um modo não exatamente consciente, que só agora, talvez, eu reconheça, me pus em alerta, esperando, de prontidão para escutar sua voz, como se, dentre as opções disponíveis, nenhuma fosse confortável; como se não fosse possível acomodar aquela sua voz macia, disparada por outra pessoa, no contexto anterior, o nosso; ou como se fosse, sem que eu percebesse, doloroso testemunhar a mudança no tom com o qual você logo depois se dirigiria a mim.

Com os músculos do ombro talvez um pouco rígidos percebi que foi uma mistura de ambos, quase uma voz de transição, com resquícios da ternura que você dirigiu instantes antes a seu colega na dureza de seu tom habitual comigo nas últimas semanas, nos últimos meses. Nos últimos anos.

Não sei, meu amor. Ainda nos chamamos assim, você o meu amor e eu o seu. Mas o que somos? O que éramos, e o que fomos nos tornar?

Será que a intimidade faz isso, será ela justamente essa dureza, a sua voz já não propriamente sua, o contato já não propriamente comigo, nossas conversas, então, como ecos causados pelo espaço que os anos instauraram entre mim e você? Mas eu sempre achei que intimidade fosse o oposto disso. Que fosse mais carinho. Que fosse aconchego, e sua voz era antes como um travesseiro novo e fofo com o qual era uma delícia eu me deitar abraçada.

Intimidade, anos. Achei que, quanto mais nos conhecêssemos, mais próximos estaríamos; que o contato entre nossas zonas sombrias nos aproximaria, e não que fosse compondo ao longo do tempo justamente aquele espaço, como um halo, que faz com que, quando você me toque, eu não sinta; que faz com que você não me toque quando me toque.

Aonde fomos parar?, tenho me perguntado. Aonde foi parar esse plural que éramos nós e que, hoje, se resume a conhecer e compartilhar hábitos, administrar a casa e – o que tem sido o ápice – testemunhar o crescimento da nossa filha, a pessoa que ela está se tornando? Onde o toque da sua mão me surpreendendo em qualquer canto do dia, onde o abraço que parecia sempre o lugar certo? Onde, procuro em mim, aquele calor que irradiava do peito pra vida quando nos conhecemos, os primeiros tempos, aquilo que me exigia estar perto de você, junto de você, você?

Vasculho a memória, procuro cenas que me acendam de novo, que nos situem, nos justifiquem. Procuro o mesmo sentimento, a paixão, aquilo que nos tragou da vida de cada um pra constituirmos a nossa, como se ao nosso redor tivéssemos construído uma cidade que era linda, mas hoje já não podemos habitar. Nossa cidade está deserta, meu amor. E me pergunto, me respondo, constato, talvez, que viver com alguém, dividir tanto com alguém, morar, é tão difícil, é tão louco, é tão impossível, que é necessário que haja uma explosão (a paixão) que nos impila ao que depois será inevitavelmente uma catástrofe. O que, na vida humana, não termina em catástrofe, afinal? Ainda que seja uma catástrofe de silêncio.

Mas eu procuro, eu não consigo desistir. Eu te olho pela casa, olho as marcas no seu lugar no sofá, me viro para o seu lado quando você ainda não se deitou e examino o vazio da sua parte da cama. Respostas, quero respostas. Onde estaríamos, nós dois? No sabor de iogurte que sei ser o seu preferido? No seu jeito de fazer pão na chapa? Na marca de cerveja, no jeito de separar as roupas para guardar? Na camisa estampada que te dei e virou a que você mais gosta, que você usa para ocasiões especiais – assim como guarda apenas para ocasiões especiais sua melhor voz? Antes eu era uma ocasião especial.

Mas não posso te acusar; há também uma parte que me cabe no nosso deserto. Vasculho em mim, onde? Onde está o que eu sentia por você?

Preciso de cenas. Quero cenas, quero aquele sentimento, quero o estofo do nosso eu te amo cotidiano e vazio. Como naquele jogo de quando nossa filha era mais nova, sabe?, aquele que vinha numa caixa de madeira com tampa de arrastar, ali podíamos trocar a roupa do personagem, cada peça, uma roupa, uma das quais provavelmente se encontra debaixo de nosso tapete junto de palavras atravessadas, gritos, silêncios. Eu preciso de uma roupa nossa, uma que nos vista como ao personagem do jogo, não uma roupa nova, preciso de uma roupa velha. Do nosso caminho. Que ele, que a roupa, que nossa cidade ainda nos sirva.

E então me lembrei de uma noite em que você me levou na casa de um amigo, um churrasco no quintal, anos atrás, lá no começo, no nosso começo, uma noite quente, abafada, era a primeira vez que eu via aqueles seus amigos, amigos de infância, era a primeira vez que eu te via em ação diante deles, era um outro você que eu conhecia naquele momento, e era tão lindo, você estava tão lindo, suado, você. Eu me esforçava para ser legal com seus amigos, tentava fazer parte daquilo, será que você se lembra dessa noite?, uma hora você sumiu, imaginei que estivesse no banheiro, mas demorou, demorou, aí me levantei e fui te procurar, e você estava detrás da casa, com a cabeça dentro do tanque de lavar roupa, molhando o cabelo, deixando a água escorrer em você, e eu fiquei parada, em silêncio, te observando fazer aquilo porque aquilo te completava, você era uma pessoa que molhava a cabeça no tanque pra amenizar o calor, você não me viu, acho, você não notou minha presença, a água escorria pela sua nuca e a paixão estourava meu peito, como doía te amar, como era bom. Você ergueu o tronco pingando, molhando a camiseta, e hoje eu não sei se você ali aumentou minha paixão ou se ela aumentou você.

Um pouco de cada, talvez.

Você é tão lindo molhando a cabeça no tanque de lavar roupa, meu amor.

O sentimento volta, a cena, os gestos. Não lembro se te abracei, não lembro qual foi sua reação; pelo que te conheço, você deve ter se sentido flagrado, envergonhado, e nem suspeita o motivo pelo qual eu não consegui te dizer nada e fiquei te olhando em silêncio. Um silêncio que era outro.

Mas você não molha mais a cabeça assim, eu não te olho mais assim. A sua voz. A roupa daquele personagem não nos serve mais, ainda que eu talvez continue, pra sempre, te chamando de meu amor.

É melhor cair em si

CRISTIANE SOBRAL

23 de fevereiro
Meu bem. Eu deveria ter dito o que está escrito nessa carta no nosso último encontro, mas não tive coragem, eu falo demais e costumo não dizer coisa alguma quando estou nervosa. Quando você me chamou para almoçar, nossa, eu fiquei tão feliz! Ainda bem que você convidou na véspera, deu tempo de fazer as unhas na minha manicure preferida, a depilação íntima do jeito que você gostava, fiz a sobrancelha, o buço, até o rosto depilei na linha. A depilação na linha é um método muito dolorido, sabe, a gente precisa gostar muito da pessoa pra quem vai fazer para aceitar passar por todo aquele sofrimento. A roupa foi um capítulo à parte, coloquei o meu guarda-roupa abaixo e quase não encontrei roupa. A questão é o tempo, desde o nosso último encontro houve um período muito grande nesse nosso afastamento. Você sabe que quando eu fico triste eu como demais. Resultado: as roupas não entraram, aí vesti aquela parte do meu armário que tem as roupas maiores, para quando a ansiedade me leva a aumentar de tamanho.

18 de outubro
Essa carta traz revelações indizíveis pessoalmente. Você era mais gostoso antigamente, só de pensar em você eu tinha orgasmos múltiplos. Sexo sem amor é complicado quando uma das partes, no caso eu, insiste que um dia a relação vai virar um combo amoroso. Nunca imaginei que um dia me pedisse para pagar a conta do motel porque estava sem

grana. Esse dia chegou. E se eu também não tivesse? Foi muita confiança né? O pior é que até hoje não vi a cor do dinheiro, esse negócio de pagar por aproximação foi rápido na hora, mas foi péssimo pra gente. Ah, nesse dia você estava péssimo nas preliminares e muito afoito, fiquei olhando para o teto me sentindo uma lagartixa em processo de mutação para um disfarce.

05 de janeiro
Linda. Nós somos do mesmo grupo de zap, eu sempre leio as suas mensagens, aí demorei, demorei, até tomar coragem para escrever pra você. Eu sou o Anderson, você não me conhece, eu estive em um dos seus concertos, quando vi você tocando senti um arrepio na nuca, não era físico sabe, era espiritual, eu sou praticante de uma religião de matriz africana, o candomblé. Senti a presença, ali, ao meu lado, do seu Tranca Rua, Exu guardião que me acompanha nessa vida, ele disse:

– É ela, a mulher que você estava esperando a vida toda.

Eu fiquei pasmo, isso nunca havia me acontecido. Sabia que era algo muito especial.

Eu confesso que nunca curti música clássica, fui com um amigo, eu não estava com nada pra fazer naquele dia, mas você estava tão linda, eu só olhava, olhava e cada vez suspirava mais, amo mulheres negras, aliás, nunca vi uma negra tão linda como você. Suas mãos, encantadoras! A pele das mulheres negras é um caso à parte. Se você topar e responder essa mensagem, acho que teremos muito para conversar, eu estou muito ansioso pela sua resposta.

08 de fevereiro
Linda, já tem um mês que a gente se fala pelo zap, eu estou cada dia mais apaixonado, não consigo parar de pensar em você, vamos marcar um encontro, quero ver você, sentir o seu cheiro, o seu gosto. O que você acha de nudes? Será que nossa relação já pode evoluir um pouco mais? Eu gostaria de ter um pouco mais de intimidade contigo, fico imaginando, confesso que é difícil só imaginar, você é tão linda! Sua voz tão macia e quente, inesquecível.

09 de março
Eu estou escrevendo porque acho que um homem deve mandar uma mensagem depois do primeiro encontro, a mulher fica achando que a gente só quer sexo, comigo é diferente sabe? Eu adorei a nossa noite, caramba, você é muito gostosa, que corpo, que bunda! E as suas pernas? Você não é mulher para uma noite só, quero dizer que você é a minha deusa agora, só minha tá bom? Vamos marcar outro encontro?

05 de abril
Eu acho muito chato essa parte masculina, primeiro tentam de tudo pra conseguir um primeiro encontro, o segundo, lá para o quarto ou quinto começam a esfriar, escrever menos, responder menos, deixam a gente no vácuo. Aí começam a ter compromissos de emergência e desmarcar os encontros. Quando a minha amiga me avisou pela primeira vez eu achei que ela estivesse com inveja, ela disse, aproveita, homem é assim, no início faz de tudo pra conquistar. Eu não acreditei, esse machismo opera com força na cabeça da gente. Uma coisa que eu não esperava de você: descobri que você votou no Bolsonaro. Nossa, meu mundo caiu. Era como se tudo que vivemos tivesse caído na minha cabeça, você não parecia uma pessoa desse tipo, votar no Bozo, como assim?

28 de abril
Meu bem, ontem pensei em você. Estou mandando uma foto do meu pênis para você não me esquecer.

05 de maio
Amiga, eu recebi uma foto de um pênis, daquele cara com quem estou saindo, amiga do céu, eu estou chocada, fiquei olhando um tempão antes de apagar, uma foto de pinto assim no celular, eu me senti muito estranha, o pinto era um pinto né, tava duro, era grande, mas olhando assim no seco a gente vê os defeitos, era meio torto, sabe de uma coisa, eu tomei um pouco de nojo da cara dele. Tomei nojo do pinto e tomei nojo do cara, acho que não vai rolar mais nada.

15 de maio
Querida terapeuta Dora,

Estou escrevendo porque fiquei péssima na última sessão. Descobri que não me amo o suficiente e aceito fazer coisas com os caras que saio, coisas que não quero fazer, faço só para agradar e por medo de ser abandonada. Fico me achando imperfeita, tenho medo de dizer não e perder a chance de ser amada. Mas depois de todos esses anos que estamos juntas na terapia eu percebi que esses caras, um após o outro, não tiveram amor por mim e isso não se deve a algum defeito que tenho, ou a algo errado que eu tenha feito. Escolhi os caras errados, os homens que desde o início deram todas as indicações que tinham pouco ou nada a oferecer e mesmo assim fiquei com eles, por medo de ficar sozinha. Eu dizia que era porque adorava sexo, que era ótimo sair com cinco, seis caras ao mesmo tempo sem compromisso. Mas juntando todos eles não davam o pacotinho de amor que eu desejo tanto receber.

Estava lembrando de um cara em especial com quem transei sem camisinha, isso me custou fazer o teste do HIV, vários exames e muito tempo sem dormir, a ansiedade e a culpa. Ele valia tudo isso? Não. Eu aceitei transar sem camisinha porque ele disse: faz muito tempo que não transo com ninguém, eu não tenho doença nenhuma, a partir de agora só vamos transar nós dois. Que loucura eu ter acreditado nisso, onde eu estava que não me enxerguei caindo nessa roubada?

Também lembrei daquele dia em que eu estava em casa sozinha, deprimida, arranjei forças para levantar, eu disse, estou melhorando, vou fazer algo por mim! Alguns minutos depois lá estava eu na rua passeando com o cachorro, só saí porque tinha que cuidar do bicho, mas uma vez não me priorizei. Você já teve muitos pacientes com essa síndrome de cuidadora?

15 de março
Meu bem. Infelizmente vou ter que desmarcar o nosso encontro, putz, meu irmão passou mal, terei que levar ele ao hospital, acho que vou passar a noite lá, talvez ele tenha que fazer uma cirurgia, peço desculpas mesmo, mas

você sabe, saúde em primeiro lugar. Pode me emprestar 100,00, fax um pix pra mim? Juro que depois te pago.

15 de março
Amor. Não tem problema, vai lá socorrer o seu irmão, saiba que estou ao seu lado para o que precisar. Quando chegar no hospital dá notícias tá bom? Segue o comprovante do PIX.

25 de março
Amor, hoje é o meu aniversário, você não vai nem mandar um oi? Eu sei que você é péssimo com datas, mas hoje é meu dia, eu fico péssima no aniversário, quando puder me liga, por favor.

26 de março
Você é um mentiroso né? Não vai responder mesmo? Você é casado? Qual o seu problema? Custa ser sincero?

02 de abril
Meu bem. Muita coisa aconteceu, minha mãe morreu. Estou arrasado. Eu nem sei quem sou eu, não consigo dormir, nem comer, estou péssimo, fui para o terreiro, recolhi, só o axé nessa hora.

09 de abril
Amor, custava você mandar uma notícia? Eu poderia estar com você nessa hora, fico como sabendo disso e sabendo que você não me pediu ajuda pra nada? Eu sempre disse que estaria aqui pra te ajudar.

25 de abril
Meu bem, estou morrendo de saudades de você, gostosa. Manda uma foto de calcinha pra mim.

25 de abril
Meu bem, cadê a minha foto?

25 de abril
Ué, não vai responder?

23 de janeiro
Meu bem, você tem compromisso pra sábado? Gostaria de sair comigo pra almoçar? Eu te pego na sua casa 12h, muita saudade.

23 de janeiro

Anderson. Você é muito cara de pau, me convidou pra almoçar, eu me arrumei toda, fiz todo um investimento, depois do almoço você me chama para o seu carro, abre as calças e aperta a minha cabeça na direção do seu colo, qual é? Queria a sobremesa? Ali no meio da rua? Com todo mundo olhando? Você é cafona, seu pinto é bem feio, sabe de uma coisa, eu não estou mais a fim, você não tem as qualidades que eu estou procurando em um cara. Até mais, fica bem.

05 de novembro

Querida Terapeuta Dora,

A terapia tem sido fundamental no meu processo de autodescoberta, durante muito tempo achei que não estava servindo pra nada, tive raiva de você, desisti das sessões e voltei tantas vezes...Até me culpei porque não conseguia mudar quando comecei a perceber que não estava feliz, nossa, tem sido um longo caminho.

Naquele dia, quando o Anderson me levou para o carro depois do almoço eu fiquei pensando, já sei o que ele vai querer, eu me orgulhava de saber dar prazer aos homens como ninguém, deixava qualquer homem louco, mas naquele dia pensei: na maioria das vezes eu nem gozo, fico ali vidrada olhando o êxtase deles, faço por eles o que não faço por mim. Na hora que ele me pediu para abaixar a cabeça foi como se eu já tivesse assistido aquele filme. A questão não era dizer: os homens são egoístas, mentirosos e tantos outros adjetivos, a questão era descobrir o que a Carla queria e achava que merecia.

Mudei o roteiro. Disse que não queria, estava muito calor, estava com pressa, menti dizendo ter lembrado de um compromisso urgente, pedi pra ele me deixar na frente de um shopping ali perto, agradeci e fui embora. Ele ficou bravo, ameaçou até engrossar, apelou dizendo, ué, você não gosta mais de mim...Ele não era mais o protagonista daquela ação. No dia seguinte, entrei na internet, procurei o melhor hotel da cidade e fiz uma reserva para o fim de semana. Marquei um encontro comigo.

Percebi que eu nunca havia feito uma reserva pra mim, pra passar um tempo comigo.

Arrumei as minhas coisas em casa e fui para o hotel. Programei a noite, o dia seguinte, tomei sol, usei biquíni sem me preocupar se estava magra ou gorda, curti o sol, a água, a cerveja gelada, o vento suave daquele dia. Voltei para o hotel, me preparei para jantar, fui a um restaurante especial, nossa, foi maravilhoso. Eu me senti um pouco estranha porque sim, ali tive a certeza de que estava me despedindo de alguém que eu não queria mais ver, não era o Anderson, esse era mais um entre tantos. Eu estava me despedindo daquele meu jeito de ser, daquela minha identidade que já não me cabia, daquela animadora de festas, daquele estereótipo de mulher preta, daquela mulher negra boa de cama. Eu estava interessa em conhecer e me apaixonar pela Carla. Ainda não sabia como e talvez levasse uma vida para aprender, mas hoje sei que não sou culpada de nada, não devo nada a ninguém. A vida não me deve nada. Os homens não me devem nada e também não vão me salvar. Mereço encontrar a minha melhor companhia.

Olha, foi lindo, incrível. Eu dormi como se estivesse me abraçando, chorando baixinho como eu chorava quando era criança, enrolada no lençol, eu repeti pra mim mesma muitas e muitas vezes. Carla, eu te amo, Carla, eu te amo, Carla eu te amo. Sempre estarei aqui pra você.

As cartas mais urgentes são as que nunca chegam

LUIZA MUSSNICH

De: M.
Para: G.

Assunto: Notícia

G.,
  Cá estou eu de novo. Não acredito que vou te escrever outro e-mail. Seria cômico se não fosse trágico, mas é que a gente nunca fala do que importa.
  Vou ser direta, o máximo que conseguir.
  Não é minha especialidade; também já descobri não ser a sua. Adoramos um muro, seja pra ficar em cima ou pular. Risos (/choros).
  Mas precisava te dizer o quanto antes: tô grávida. Acabei de confirmar com o exame de sangue. Não era um projeto nosso, mas sempre foi um projeto meu.
  Não tinha como resolvermos essa questão dos tempos agora. Ou: algumas histórias não se resolvem mesmo. E, olha, a nossa não tinha como terminar bem.
  São 3h37 e acordei outra vez porque penso em você, porque tem um bebê crescendo na minha barriga, por causa dos desencontros, por causa de tudo. Será que algum dia volto a dormir direito?
  Apesar do breu, meus pensamentos estão muito acesos, mas pouco claros, como se tivesse uma luz nebulosa que não consigo apagar no cérebro. Fecho os olhos; não há jeito de escurecer. Flashes me assaltam sem nenhuma precaução, como se fosse o inconsciente tentando achar indícios, respostas, conclusões.

É claro que eu me apaixonei por você –isso foi dito de todas as formas sem que eu precisasse falar, eu odeio falar, eu não sei falar. E me apaixonei mesmo quando descobri as suas paixões, as pupilas crescendo e deixando seus olhos ainda mais escuros ao falar do que te move e comove. Isso é das coisas mais bonitas de enxergar numa pessoa.

Não confio nas pessoas até conhecer o que amam. E se não amarem nada? Descobri meio sem querer aquilo que você ama. Ou o que quis me mostrar, não sei por quê. E em meio às coisas que você e eu amávamos, nasceu entre nós o que eu acho que posso chamar de amor, mas não tenho certeza. Com você nunca há qualquer certeza. E isso me agonia até hoje.

Largar as roupas pelo chão, conhecer a geografia do outro, fundir os suores, as salivas, as peles – isso é fácil. Difícil é dividir os monstros, as obsessões, as manias, os vícios. E os planos. E talvez o que eu tenha pra te dizer seja justamente sobre isso.

Essa foi a nudez mais grave a que nos expusemos.

Foi aí que botamos tudo a perder.

Não sei como o que aconteceu entre nós começou, não importa agora. Em que momento daquela feira. Se foi quando elogiei seu trabalho que foi selecionado pra wishlist de um museu importante, se foi quando você passou no meu estande como se estivesse terrivelmente interessado no trabalho do artista indígena que eu represento, se foi quando você saiu pra tomar um ar e eu pra fumar um cigarro e você resolveu chegar perto mesmo detestando fumaça, se foi quando eu reclamei do DJ e escalei um setlist mental que você não via a hora de botar pra tocar, se foi quando você puxou meu braço enquanto eu tentava ir ao banheiro e eu te disse que não podia, se foi quando você tocou o meu rosto pela primeira vez e eu não consegui impedir o sorriso, se foi depois daquela trepada na saída do inferninho do show de uma banda cover bem média, se foi quando começaram nossas trocas de email... Ou se foi depois.

Eu queria te dizer várias coisas sobre aqueles dias, e sobre os dias antes deles que fizeram com que aqueles dias fossem possíveis, mas ao mesmo tempo queria que nada fosse dito porque as coisas mais importantes não cabem em palavras. E houve tanta pressa que atropelamos várias etapas e talvez isso não importe, ou faça toda a diferença.

Eu achei que fosse passar. Vai passar, eu sei. Mas tá demorando. Demais.

Talvez as coisas não desapareçam sozinhas. É preciso fazê-las sumir. Sumir com elas. Jogar pra debaixo do tapete. Ao mar. Goela abaixo.

Eu entrei nessa de curiosa, achando que tudo era uma brincadeira ("e foi crescendo, crescendo, me absorvendo"), aí fomos nos envolvendo, todas as trocas eram boas, comecei a levar alguma fé, cogitei largar tudo por você, mas você não me dava um sinal. Bastava um sinal.

No momento decisivo, você não foi capaz de dizer nada. Pior que seu silêncio foi o "nunca falei nada sério na vida, não ia ser numa quinta-feira à noite". Eu sei lá quantas vezes repeti essa sua fala. Pra mim mesma, baixinho, uma lágrima desobedecendo meus olhos. Na análise. Porque não era só uma quinta-feira. Acho que você não entendeu isso. Era uma corrida contra o tempo. E você pra variar não fez nada.

E olha: eu nunca achei que te faltasse coragem.

Por muito tempo procurei esse sinal. Mas tinha sempre um gesto a menos, uma palavra faltando, um passo em falso, um olhar trêmulo, uma sombra no rosto, um movimento de dúvida. Eu me esforçava pra acreditar, tentava ter aquela fé cega de quem confia tanto numa pessoa que topa vendar os olhos perto de um precipício. Mas a todo momento eu achava que você ia me deixar tropeçar, perder o chão, desabar.

Tinha uma urgência nos nossos encontros, que era sempre acompanhada de uma iminência de perda.

Eu tentei sair enquanto dava tempo.

Eu tentei sair quando entendi que a gente nunca ia ter o tempo das estrelas, ou o tempo das manhãs; só o tempo dos insetos (isso é daquela poeta polonesa que você me mostrou), o tempo dos fugitivos, o tempo aflito e insuficiente das madrugadas. E talvez pra você fosse isso mesmo. O que a gente tinha só te interessava nessa medida do impossível, do insuficiente, do inalcançável, do que é matéria de sonho, de desejo irrealizável.

 O tempo foi passando. E você sabe como é: a vida afunila.

 Você achava que eu ia ficar esperando você se entender com a própria cabeça ou com o coração? Que eu não tenho meu tempo, meus planos, uma vida pela frente?

 E foi só depois daquela lua, depois de você falar que era vasectomizado, depois de eu finalmente entender que as nossas vidas não se encaixavam e que ninguém tava disposto a fazer nenhuma concessão para que se encaixassem... que eu enfim andei com a minha.

 Ali virou uma chave. Quê que eu tava fazendo, o que estávamos fazendo... bateu um senso de realidade.

 Nossas vidas são descompassadas. Não tem o que fazer.

 E aí teve aquele noite que você escreveu que precisava me ver e a gente se encontrou e eu entendi que não podia viver essa vida dupla. E achei que a única forma de te afastar era cortando nossa correspondência. Todos os laços.

 Mas como foi difícil. Parece que os vínculos verdadeiros viram raízes, resistentes, profundas, teimosas.

 A gente precisa seguir a vida.

 Não parece boa ideia ficarmos prisioneiros um do outro.

 Não tem o que fazer, repito.

 Eu quero ser mãe e você já passou do meu momento de vida, não tá a fim de nada disso de novo.

 Dizem que uma das decisões mais importantes que se toma na vida é com quem se vai ter filhos. Você não quer esse peso e eu não posso dar a leveza e a liberdade que você procura.

 Não agora.

 Não adianta.

 Tudo no mundo começou com um sim, mas eu só tenho nãos pra te oferecer.

 A gente deve gostar de torturar a memória um do outro.

E se a memória é o substituto mais próximo do amor, lembra.
Eu daria tudo pra esquecer.
Continuo sem saber o que dizer no final,
M.

Rascunho salvo

Hiroshima
MATEUS BALDI

―

Quando eu te conheci você perguntou se Marte alinhava com Netuno. Eu arregalei os olhos e você riu, só queria saber se eu era uma daquelas pessoas estúpidas que se preocupam com astrologia.
    Hoje sei que o uso do adjetivo estúpidas já era um sinal imbatível da sua agressividade, mas na época só achei que era algo de espírito. Alguém cuja delícia de existir estava impregnada de uma certeza absurda. Claro que eu não imaginava que tudo isso derivaria numa rotina de abusos, riscos e humilhações – as primeiras sirenes tocam para os surdos, ninguém acordou em Hiroshima imaginando que seria explodido por uma bomba atômica.
    O primeiro medo – o nome daquilo era medo – aconteceu quando meu pai passou mal. Nem sei se você se lembra daquela noite. Se ainda faz sentido uma imagem desenhada por gotas de chuva, uma ambulância, mendigos curiosos na calçada, um deles tiritando de frio com uma manta cor de rosa embrulhando o pescoço. Era julho. Fazia quinze graus lá fora, as gotas caíam. Eu tinha chegado ao apartamento na pressa, completamente entregue à mensagem ESTOU PASSANDO MAL VENHA RÁPIDO. Meu pai estava caído no piso de tacos, a televisão ligada no canal de música – de madrugada passava putaria – e seus olhos giravam ao redor da órbita, dois planetas se alinhando no espaço de um crânio. Me ajoelhei e tentei fazer com que me escutasse, Vai ficar tudo bem, eu disse, vai ficar tudo bem. Ele me olhava como se eu fosse alienígena.

Mas vinte minutos antes disso nós estávamos na minha casa. Trepando. Você por cima, sua boca aberta, minha mão tocando seus pentelhos, um balé meio clássico, meio troglodita. Antes, muito antes, você me disse que tinha medo daquilo. Dois corpos como os nossos. Juntos. Eu disse para confiar em mim. Naquela noite já havíamos nos acostumado aos grunhidos. Às unhas. Meu couro cabeludo dolorido porque você puxava muito.

Sentei na cama e congelei. Você notou, perguntou se estava tudo bem, eu disse Meu pai tá infartando, o cérebro já naquele consultório, o cardiologista me encarando enquanto dizia Não deixa ele fumar, ouviu bem, precisamos estabilizar antes de pensar em abrir, mas também já naquele futuro, um hospital, meus pés caminhando por um corredor cor de leite velho, enfermeiras sujas de sangue, Vai ficar tudo bem, eu diria, vai ficar tudo bem. Você segurou na minha mão e disse Vai que eu te espero aqui. Nem se ofereceu. Nos seus olhos havia uma luz escura. Meu quarto tinha luz amarela.

Acho divertido você falar em medo se na primeira noite foi você quem disse que na infância matava os sapos do seu sítio com um pedaço de pau só pra ver sair o leite, você e os primos, eles bem mais velhos, reticentes em deixar alguém como você, com o seu corpo, suas roupas estranhas, pra eles, é claro, apanhar uma lasca de árvore, desbastar até se tornar um espeto de churrasco bastante pontudo e aí, crau, enfiar no olho do bicho, a graça era o olho, você disse, enfiar até sair um leite de cor pálida, um leite como sêmen, você disse, usou essa palavra, sêmen, então não me venha com isso de adjetivos, as pessoas que acreditam em astrologia são todas estúpidas, Mercúrio não gira e pensa como eu posso ferrar com a vida da dona Josefina que mora em Bauru, isso não existe, os planetas existem, a Terra existe, e calhou de aqui existir uma forma de vida que acredita que tudo fora daqui está sistematicamente unido para garantir o equilíbrio, isso não é possível, então sim, eu nego a astrologia como nego a Deus, qualquer deus, você bem sabe, inclusive nunca engoli seu cuspe diante da igreja naquele dia, fica claro pra mim que se trata de uma prática nociva que seu pai e sua mãe te incutiram, fizeram você acreditar que agir com cinismo te livraria da realidade, e a realidade é que você é uma pessoa católica, acredita em santo, em Deus, em tudo isso, e tudo bem, viu, eu não julgo, mas não me venha disfarçar cinismo com ideias moralistas, não sou essa pessoa, nunca fui, e se é pra ser FDP, eu vou ser, assim, efedepê como estava escrito no banheiro daquele barzinho, CAMILA É UMA FDP e você riu, me disse que tinha pena da Camila e eu disse Foda-se a Camila, vamos pegar mais uma bebida, era carnaval, eu não enxergava um palmo na frente do nariz, tudo embaçado de álcool, e seus dedos me esfregaram o corpo todo, dançamos e ficou tudo bem, você se lembra que eu limpei seu vômito no meio-fio, que te deixei em casa e tirei sua roupa, pus a fantasia pra lavar com sabão e amaciante, esperei terminar de bater, estendi, te deixei dormindo e liguei no dia seguinte pra saber como estava tudo? Isso você não diz. Isso você falsifica. Como é típico. Argh.

            Beijo.

 Quando eu te conheci você perguntou se meu pai morava comigo. Eu senti um calor na nuca e você disse Tá tudo bem, só queria saber se eu era uma daquelas pessoas infantis que chegam aos trinta sem sair de casa.
 Engraçado, nem lá e nem agora eu achei que isso foi desrespeitoso. É realmente infantil morar com os pais aos trinta anos de idade. A menos que o capitalismo se faça presente. Mas sendo classe média, eu diria. Com uma condição mínima. Faculdade. Empreguinho. E morando com o papai e a mamãe. Não rola, né?
 Acho que isso foi um dos muitos pontos de contato. Para além dos corpos. Eu te comia, você me comia, a gente se devorava diante da sua cortina com blackout, o colchão duro que eu te convenci a trocar – e você me fez pegar um armário vintage pela metade do preço, Vai te dar mais charme, disse, sendo que eu não estava nem aí para a quantidade de charme envolvida na composição do meu quarto, só queria um espaço para dormir. A gente se devorava e – aí sim – era isso que abastecia meu delírio. Eu não

sabia, mas estava ali, na sua ânsia de existir, um desejo intrínseco de aniquilar o outro. De trucidar tudo que existia à sua frente. Você me pedia para chupar seu peito antes de chupar o meu. Preenchia minha boca com sua pele, quase me afogando contra si, e depois soltava. Como fosse uma mãe universal que tivesse baixado ali. Uma figura dominante por si só. Esquisita. Um pai. Que ainda assim eu gostava. Queria que se fizesse presente. Abrisse meus poros. Minhas lágrimas. Meu Deus, quantas vezes eu gozei chorando porque você estava ali e era tudo aquilo que eu queria.

E por falar em Deus, meu pai e minha mãe não me dizem nada. Me entendi com a religião católica aos dezesseis anos, você sabe disso. Deus sempre está ali como eu sempre estou aqui – e vou continuar existindo, ou você não me escreveria – menos porque não consegue resistir do que pela minha materialidade no fundo do seu crânio.

Admita.
Beijo.

Eu tenho vontade de te agredir. Me espanta que você tenha conseguido ler essa cartinha sem pular uma linha, meu parágrafo, minhas vírgulas se derramando. Você queria o amor? Então toma aqui o amor, V., toma aqui o amor, vou te chamar assim, V., que é como você merece, sem nada, só a inicial e um ponto, porque pra mim você é isso, você se tornou isso, uma letra e um ponto, no meu celular nem nome tem mais, é só um número que eu preciso distinguir quando vou printar a tela e mandar pra mulher que dorme ao meu lado, enquanto ela caga, dizendo Olha como eu me relacionei com essa pessoa ridícula, é isso que você é, V., uma pessoa ridícula, uma pessoa como muitas mil, entende? É só isso. E essa mulher, saiba, também vai sumir. Um dia sequer tenha existido. Foi um delírio. Como você. No meu corpo, na minha vida. Facilita que eu escreva assim, pausadinho, que nem tu? Ou prefere um jorro sem ponto nem virgula seus olhos tentando me engolir mas não conseguem eu fujo eu fujo muito você não sabe V. você nem sabe o quanto eu quis o quanto eu lutei o quanto eu briguei aí agora vem dizer que eu tinha a característica das pessoas estúpidas vem me lembrar da infantilidade dos pontos de contato dos corpos pois bem dane-se os corpos dane-se tudo eu te odeio V. eu te odeio tá bom assim EU TE ODEIO

                                      Beijo.

Quando eu te conheci – insisto nisso – você me disse que odiava seu ex. Que ele era um imbecil. Eu senti uma coceira no dedinho do pé e você bocejou, Ah, darling, é tudo tão cafona, me sinto tão triste de me tornar alguém que odeia o ex.

    Sabe, por um momento eu acreditei que você se arrependia. Que a frivolidade do seu ato podia ser redimida com um tempo de cura, um luto bem desenvolvido. Hoje vi que não. Seu destino é pra sempre odiar os ex, homens e mulheres, até que não te reste mais nada além do seu corpo vil. Acha que estou escrevendo com excesso de rigor, de fleuma, como diria meu pai, um excesso de poesia? Foda-se. Caguei. Enfia no cu.

    Eu também te odeio.

    Muito.

    Mas pelo menos sei o que fazer com isso enquanto você espera alegremente pelo dia em que o ódio vai devorar seus órgãos vivos e tudo não passe de um monte de sangue.

                                      Beijo.

Sinto muito pelo seu pai. Achei que ele fosse melhorar com o marca-passo. Me avisa se puder ir ao funeral.

                                      Beijo.

Oi, oi, desculpa a demora. Dia corrido por aqui. Anima um café hora dessas?

                                      Beijo.

Releia minha primeira mensagem. Eu decidi romper o silêncio porque não acreditei que ficar desenvolvendo bile fosse o mais sensato. Queria te devolver o ursinho e ver de novo esse sorriso. Ver seu lookinho amarelo. Queria sentir seus cabelos. Enfim. Ontem você me disse que seguiu a vida e escreveu com absoluta honestidade. Tudo bem, eu acredito. Mas não acredito que aí dentro eu morri. Que você ainda não pensa em mim quando vai dormir e sente medo de que a solidão avance por sua pele conforme os anos vão passando, não acredito quando você diz que não acredita em mim, não compro briga mas também não surto, fico aqui, na minha, esperando pelo dia em que você vai voltar, não precisava nada disso, eu só queria te ver de novo e você veio me falar de Hiroshima, foda-se Hiroshima, foda-se você, essa é minha última mensagem, foda-se tudo, eu tentei ser legal, chegar junto, mas não dá, você é invencível quando quer ser ruim, fica em paz, é o que te digo, fica em paz. E releia minha primeira mensagem. Está tudo ali.

Quando eu te conheci você disse que costumava bloquear todo mundo que te desagradava. Eu senti um reviro no estômago. Você, muito naturalmente, disse que tudo não passava de um delírio. As pessoas, uma ilusão. Melhor se pudesse acabar logo com isso.

O bloqueio era sua forma de se aniquilar do mundo – lembra que te escrevi sobre aniquilação?

Hoje faz uma semana que meu pai partiu e eu tenho medo de te encontrar. De estar andando por aí e te ver na rua, seus passos firmes, decididos, de quem sabe que não é possível fugir do destino. Agora você sabe. O destino.

O nosso destino.

Sei que você nunca vai ler isso, que provavelmente um dia vou estar andando por Paris ou Roma – numa vida em que me tornei uma pessoa de posses, como diria minha avó, você adorava minha avó – e vou te descobrir olhando uma vitrine, fazendo um gesto para o garçom de um barzinho, seus pulsos fechados por peças de metal, o pescoço envolvido numa jiboia verde-serpente. Vamos nos cumprimentar e é isso. Só isso.

Talvez pode ser que sempre tenha sido só isso. Tudo isso.

Mil beijos,
V.

Balle de match

RENATA BELMONTE

Carlos,

O que teria sido de nós sem tudo isto? Se lhe escrevo agora, foi porque Deus, astutamente, se recusou a responder às minhas cartas íntimas. Talvez devêssemos passar a pensá-lo como alguém que nos habita, que conhece cada minúcia de nossas entranhas, não mais como uma figura que, lá do alto, distante, ordena castigos e comanda destinos. Aliás, mesmo os diretores e autores de livros ignoram, em diversas situações, o desenrolar de suas obras, sabem que há um fluxo próprio que surge dos seus personagens, as histórias se criam. Por mais que busquemos controlar, tem sempre algo que nos foge, qualquer coisa que não vimos. Não considerávamos, por exemplo, Truffaut um gênio, um cineasta acima de todos os outros, alguém com lugar certo no Olimpo? Pois bem, ele mesmo assumiu que o resultado de um de seus filmes se deveu à montagem, pois tudo foi gravado sem roteiro, de modo bastante intuitivo. Uma mulher para dois. Os incompreendidos. Como parecia lindo o que partilhamos, como alguém pode suportar o peso da existência sem algo do tipo? Hoje, compreendo, sinônimo de amor é alívio. Memórias afetivas não passam de ficção, recortamos fatos para fundarmos narrativas. No final de tudo, das coisas e pessoas apenas guardamos o que delas sentimos. É verdade, se penso sobre a arte nestes termos, é porque nunca gostei de enredos lineares. Se emoções não conhecem regras, imagine, instintos! Digo isto porque sabia que, se houvesse oportunidade, você teria me respondido algo assim. E, no dia do acontecimento, comprovei que é possível que até não estivesse errado, quando o horror me abateu, perdi mesmo a razão, os sentidos. Nunca ignorei que tudo pode sempre acabar num piscar de olhos, mas talvez apostasse na fantasia infantil de que restava protegida, era especial, nenhum futuro trágico me abalaria. Uma boa velhice ao seu lado: lembranças agradáveis, casos contados em almoços para nossos familiares. Mas, infelizmente, do irrealizável sobrou apenas este sufocante vazio. E diante de tudo que venho atravessando, mesmo escutando minhas súplicas, Deus, este estranho que vive em mim, silencia, não me apresenta motivos. E você? O que me diria? Você, o homem que me apresentou o mundo, o êxtase de estar viva. Se antes sombras me espreitavam, com você descobri o prazer, a entrega amorosa plena, a vibração da alegria. Morrer nos seus braços, Carlos. O que teria sido de nós sem tudo isto?

Desde a sua partida, raramente sonho. É como se o tempo em que fico dormindo representasse somente uma espécie de vácuo. Quando desperto, sempre preciso tentar me convencer, repetir para mim mesma que, agora, chamo de casa este teto cinza; que hoje, sou uma mulher sozinha. Até outro dia, você dormia ao meu lado, eu, este quase nada; hoje: esta ferida que não passa. Sabemos que retratos mentem, falseiam realidades, mas quase nunca somos capazes de resistir a suas promessas imediatas de contentamento, isto é algo específico da condição humana: gostamos de ser ludibriados. Animais não se sujeitam a coisa semelhante, não promovem o autoengano, conhecem bem a selva e, mesmo que jamais tenham pisado nela, nascem cientes de sua lei, sabem que podem ser pegos sem aviso. De nossa vida em comum, de mais de uma década juntos, sobrou-me apenas esta fotografia. Quando me sinto desesperada, recorro a ela, mesmo não sendo das mais fidedignas. Não, não há nada de exatamente terrível em nossos rostos, estamos num bom ângulo, até parecidos com quem éramos, o que me pesa são, realmente, as circunstâncias daquele dia. Você sempre detestou conversas vulgares e, neste meu jantar de aniversário, Marina reclamou o tempo todo do César, encheu nossa paciência com seus dramas românticos adolescentes, ora, você tinha razão, se ela estava tão triste deveria ter ficado em casa, afinal, eu estava completando quarenta anos, aquela noite era especial, o clima precisava ser mesmo de harmonia. Aborrecido, você me chamou num canto do restaurante e me disse que estava na hora de Marina aprender que ela não era a protagonista de todas as ocasiões, exigiu que eu a colocasse no seu devido lugar, desde a morte da Virgínia, ela se comportava como se sua dor fosse a única que existia. Nós discutimos, eu sabia que você tinha certa razão, mas como dizer isso para minha sobrinha? Havia feito uma promessa para minha irmã, jurei que não deixaria sua menina desamparada, terminaria de criá-la como se ela fosse minha própria filha. Para alguns, uma boa morte é restar em silêncio, despedir-se desta existência num estado de comunhão total com o divino. Para outros, é organizar papéis e sentimentos, estar de mãos dadas com alguém que confia, até o último suspiro. Perder minha única irmã foi um longo martírio, vê-la definhar daquele jeito fez com que eu me desse conta da minha própria precariedade, da impiedosa passagem do tempo, passei a desejar sentir tudo que fosse possível. Neste mesmo ano, por acaso, eu o conheci. Sim, ainda estava muito devastada, sim, era também nova demais para ter me tornado responsável por uma menina. Você havia acabado de chegar no país, mais jovem do que eu, muito tímido, mal falava nosso idioma. Aquele esperado frio na espinha... Carl, você se apresentou. Carlos, eu ouvi. O mal-entendido estava selado. Mesmo assim, sorrimos.

    Você se lembra daquele filme? Vertigo? Não me recordo quando comecei a sentir tonturas, provavelmente, foram as mudanças naturais do meu corpo que passaram a me causar tantas vertigens. Por meses, não parei de pensar na Virgínia, ultrapassei sua idade, fui além do que ela pôde, sobrevi-

vi. Sentia eu alguma espécie de culpa por isso? Ou eram os primeiros sintomas da menopausa que me geravam tamanho mal-estar físico? Sim, talvez apenas eu mesma percebesse, mas no meu rosto, marcas, diariamente, se aprofundavam. No espelho, tudo me parecia muito estranho, flácido, sombrio. Quem era, afinal, esta senhora que começava a me habitar? Queria ela me revelar algo místico? Nas madrugadas, eu acordava tomada por uma angústia inexplicável, caminhava de um lado para o outro na sala, observava você dormindo. Por que voltara a ficar tão vulnerável, assustada, se nenhum fato digno de nota havia ocorrido? Não tínhamos concordado que uma criança atrapalharia nossa dinâmica de casal, estava eu arrependida por ter renunciado ao meu desejo de filhos? Marina, a esta altura, já havia saído de casa, tornou-se uma bela moça, foi viver com Claudio, o novo namorado. Sim, eu sentia o ninho vazio. E nossos sete anos de diferença de idade, Carlos, pela primeira vez, me pareciam um empecilho. Marina e eu estávamos um tanto afastadas, ela atendia com má vontade minhas ligações, eu pensava que isto era culpa sua, vocês nunca se deram exatamente bem, mesmo que não fosse algo tão explícito. Em breve, certamente, ela apareceria grávida e eu me tornaria uma espécie de tia-avó, com frequência, até me perguntava se estava preparada para algo do tipo. Porque, de certa forma, seria meio esquisito, eu mal havia saído da minha idade reprodutiva! Lógico, agora sou capaz de olhar profundamente para dentro, de reconhecer, custava-me muito, Carlos, vê-lo ainda plenamente capaz de construir uma outra família. O mundo pode ser bastante injusto para mulheres e, sempre que você ia dar aulas, perguntava-me se não se sentia atraído por alguma de suas alunas, todas elas muito bonitas naqueles vestidos esportivos, tenistas são sensuais na medida. Neste período, eu também estava sendo muito pressionada no trabalho, não conseguia colocar o ponto final no roteiro que precisava entregar, parecia que algo nele faltava, alguma cena essencial para o desenvolvimento da trama, sempre detestei desfechos bruscos, o uso de recursos como *Deus ex machina*. Mas, afinal, o que é mesmo a vida e o cinema, se não um jogo imperfeito de ilusões, espelhos invertidos?

Woody Allen. Crimes e pecados. Foi nele que pensei, Carlos, quando finalmente compreendi o pedaço que faltava. Uma comédia dramática. O amor, esta partida perdida. Uma mensagem no seu celular. Meu Deus, quem são vocês? O horror me cegando, tomando minha razão por inteiro. Não, emoções não conhecem regras, imagine, instintos! Como alguém conseguiria rir do meu drama, como alguém acharia engraçado isso? Deus, por favor, diga-me o que fazer. Aceito-o, agora, em qualquer versão sua, por favor, apareça aqui, desça, termine este meu sofrimento absurdo, não silencie, faça-me ter clareza, interfira. Em certas situações, mesmo os diretores ou autores de livros ignoram o desenrolar de suas obras, sabem que há um fluxo próprio que surge dos seus personagens, as histórias se criam.

Woody Allen. Uma mensagem no seu celular. Soon-Yi. Padrasto e enteada. Marina, já separada e grávida. Eu: Mia Farrow? Como tiveram essa coragem? Quando iam me contar? O que diriam?

Je t´aime. Ela te chamando de Carl, quase uma Jane Birkin. Você, Carl, este desconhecido, você, Carlos, esta invenção amorosa minha. De qualquer modo, ambos o mesmo francês filho da puta, o escroto que resolveu foder logo com minha sobrinha-filha. *Je t´aime moi non plus*, pode ter certeza, sou eu que te digo. Crimes e pecados. Deus talvez não deva mais ser mesmo visto como aquele que ordena castigos e comanda destinos. Woody Allen e Soon-Yi. A vida e o cinema: um jogo imperfeito de ilusões, espelhos invertidos. A vida e o cinema: também lições a serem aprendidas. Sim, naquela madrugada, eu ainda o observei dormindo. Claro, eu dizia antes que morreria nos seus braços, Carlos. Mas jamais nos deste Carl. Um vácuo. Um vazio. Um tempo em suspenso, dentro de mim. Vertigo? Para a polícia, relatei recordações, editei memórias afetivas. Os vizinhos também se compadeceram bastante da minha dor, mostrei-lhes a única coisa que fui capaz de salvar do incêndio que destruiu nossa casa e tirou sua vida. Com frequência, lhe escrevo mentalmente cartas, durmo abraçada com nossa fotografia. Você, professor de tênis. Mas eu, a roteirista. Sim, o Match Point foi meu. Ponto final. Balle de match em sua língua? Se Deus mora em mim, quem há de me julgar? Obrigada, Woody Allen. Espero que o diabo, Carlos, lhe faça boa companhia.

Direito de resposta

PAULA GICOVATE

―

Para: José Maria, leito 8, Hospital dos Servidores.

Trufa de chocolate com café, que você tomava para fingir que era chique quando ia assistir às corridas de cavalo no Jóquei. E o cheiro de creme de leite gorduroso que vinha como chantilly. Língua de boi. Sorvete Napolitano. Apuração de escola de samba. Guarapari. Campari com água tônica. São Judas Tadeu. Roberto Carlos. Até o Roberto Carlos você me tirou.

Se não bastasse me olhar no espelho e saber que meu sorriso é idêntico ao seu, sempre que uma destas coisas volta para a minha vida eu lembro de você e sinto raiva porque sinto saudade. O que você me apresentou invade como um trovão lembrando que um dia, mesmo que tão pouco, você existiu ali.

Fico calculando a parte da minha personalidade que é você, e só penso nessa minha vontade de fazer todo mundo ficar feliz, cozinhar almoço para cinco pessoas quando só duas vêm em casa, "porque comida tem que ser farta", fascinação por escola de samba, e talvez uma sedução meio babaca que vai para o trocador de ônibus e o chefe, um sorriso de canto de boca (seu) para fazer todo mundo ser conquistado pelo meu carisma de dois reais. Tento me curar de todas elas na esperança de não ter mais nada de você, que acho que nunca me quis.

Depois de alguns anos questionando sua maneira torta de amar, que queria me levar para ver os cavalos no domingo, e depois berrava comigo se voltava sem paciência para casa, ou que me dava presentes colossais, e depois sujava até meu nome em dividas de jogo pela cidade, eu entendi que talvez eu nunca tenha feito parte dos seus planos.

Sua geração casava e tinha filhos "porque era assim que fazia" uma vez me contou a mãe quando eu perguntei se tinha sido planejada. Ela disse que me amava muito, mas que nunca tinha pensado se deveria ou não ser mãe, foi e pronto. Mas talvez você não quisesse. Talvez você achasse que era o caminho mais óbvio, ou talvez sabendo que algo em você era tão diferente de todo mundo, quis para se encaixar minimamente na vida que as pessoas julgavam "normais." Mas isso é uma injustiça, eu nunca consertaria algo na sua personalidade, minha presença não te faria um homem melhor, não curaria suas dores, sua infância sofrida, não mudaria o rumo que você já vinha trilhando há tantos anos, não faria seu pai te amar.

Me desculpe, eu não pude.

Você nunca foi igual, padrão, ordinário. E ainda assim eu sou atravessada por uma saudade injusta toda vez que sinto o cheiro das trufas e do creme de leite barato que vinha no seu café. E também não passo impune a corridas de cavalo, jogos de baralho, samba da Portela, ao centro do Rio, a relógios falsos, ao meu próprio sorriso no espelho.

Você não devia. Poderia ter dito não, poderia ter resistido à "morena charmosa" que seu primo te apresentou. Ela estava noiva de outro, não estava? E ainda assim você sentou ao lado dela no jantar, e depois perguntou qual era sua música favorita. Quando ela respondeu, pegou um violão e olhando em seus olhos prometeu que ia "pedir o café para nós dois, te fazer um carinho e depois te envolver em meus braços". E envolveu.

Ela diz que nunca conheceu alguém assim, e eu acredito. Você deixou um papel com seu telefone na bolsa dela, e antes de ir embora disse: "é comigo que você vai se casar". Será que você foi em frente como uma aposta? Ou se apaixonou realmente? Ela diz que sim, que foi uma paixão fulminante. Se separou do noivo duas semanas depois, e diz que meu avô a fez ligar para todos os convidados do casamento pedindo desculpas, e contando por que não se casaria mais. Por causa de você. Que ainda teve que fugir do bairro uns dias por causa do ódio do ex-noivo raivoso.

Você contava que ele portava uma arma. Você contava que ele dava dois de você. Você contava que era o cara mais esperto do bairro. Você contava mais coisas do que realmente fazia, mas todo mundo parava para ouvir suas histórias.

Meus avós te detestaram, e seguiram assim, mas sempre me disseram que ninguém podia resistir ao seu carisma de líder, então acho que de alguma forma eles te admiravam, mesmo no meio do ódio, por causa do enorme poder que exercia sobre os outros. Minha avó não podia ouvir seu nome depois que você foi embora, mas sempre ria quando lembrava que depois de comprar coisas bonitas que não podia pagar, você tentava vender algumas para ela mesma.

Era engraçado, mas um riso nervoso. Ninguém podia negar que os sinais já estavam ali.

Dizem que toda semana você aparecia com um presente vistoso, uma televisão, um telefone moderno, e teve aquela vez da caixa de bermudas de tactel que você distribuiu pelo bairro. Minha mãe dizia que a cada sumiço da casa, você voltava com algo ainda maior, mas dependendo do cunho das ligações que ela receberia depois, um a um seria devolvido. A gente teve tudo e perdeu tudo. Você nos levava ao céu e ao inferno no intervalo de horas, e ainda assim, sou parada na rua pelo menos uma vez a cada mês por alguém que me reconhece e pergunta se sei por onde você anda. Contam histórias de generosidade, de dinheiro que você emprestava mesmo sem ter, de almoços grandiosos, de ajudar a parentes, de carros roubados que apareciam 24 horas depois, e que nem a polícia encontrava, só você.

O Robin Hood do bairro, os pés mais velozes do Tijuca Tênis Clube, o exímio tocador de violão, o melhor jogador de pôquer do grupo de amigos, mas nunca, nunca meu pai.

E eu que lide com esse vazio preenchido de todas as coisas que você me deixou só para lembrar que antes existia você. Que lide com todas as memórias dos outros para construir um compilado de informações que preencham as lacunas do seu sumiço, e que expliquem coisas sobre mim que não reconheço.

Depois que você foi embora não tinha mais dinheiro, caixas escusas, presentes homéricos, rodas de samba varando a madrugada, amigos batendo na porta de casa. Você foi embora como apareceu, no som de um violão de uma festa que não te pertencia, em que decidiu ficar por aposta, pra ver se conseguia um trunfo, como fez em tantas mesas de jogos pela cidade.

Depois que você foi embora eu virei essa estatística, filha de um pai que não estava, mas que existia. Um morto vivo, alguém que está, mas não é presente, algo no meio. E os anos passaram, minha mãe se casou de novo, talvez até tenha sido feliz, e nos viramos sem você.

Agora chega essa carta, vinte anos depois, dizendo que queria me encontrar. Por quê?

Você nem sabe quem eu sou, o que virei, se me pareço com você, ou sequer desejava te ver. Por onde eu ando, se eu sigo gostando de trufa de chocolate, e se tive uma filha que também nunca quis ter. E o pior, eu venho até você por pura teimosia, sem saber que esse endereço na verdade era um hospital, e agora fico aqui te escrevendo essa resposta enquanto você dorme, sem nem ter tido tempo de me dizer o que provavelmente inventaria. Até disso você conseguiu escapar em mais uma das suas fugas extraordinárias, a última grande história a contar para alguém, a filha que atendeu o chamado do pai pródigo, que decidiu apagar em um coma poucos dias antes.

Seu amor segue sendo um mistério para mim e eu tenho raiva, porque sinto falta. Mas olha, aqui no envelope está meu endereço. Se um dia você conseguir ler essa carta, eu moro na terceira casa da vila, que agora é amarela porque quando você foi, ela quis mudar tudo, mas ainda tem o ladrilho do São Judas Tadeu que você mandou colocar em cima da porta da frente. Seu Santo das causas impossíveis que talvez sempre tenha dado um empurrãozinho, segue lá, porque nunca tive coragem de tirar, assim como nunca parei de sorrir porque era assim que eu via o restinho que ficou de você. Em casa ainda tem um Campari, umas trufas de chocolate e café sem açúcar. Também continua tocando Roberto Carlos, e a bandeira da Portela segue intacta, porque eu morro de raiva, mas sinto saudade.

Pode tentar aparecer se quiser, mas não garanto que também não vou fazer uma fuga genial só para ter a última palavra com essa carta.

Afinal, como diz minha avó, "Quem sai aos seus não degenera".

Um beijo, pai. Fica em paz.

**A verdade
é que hoje**

**As minhas
memórias**

**Dessas cartas
de amor**

É que são

Ridículas.

ÁLVARO DE CAMPOS

Adendo ao Caderno de um ausente

JOÃO ANZANELLO CARRASCOZA

—

Para Maria Flor

Estamos, Bia, na sala de casa, eu, tu e Mateus, dois homens ao teu redor, eu o teu pai que mais parece teu avô, ele o teu irmão adolescente, ambos sem muito jeito para cuidar da criança que tu és,　　estamos na sala e a noite avança, em menos de uma hora tu vais dormir, mas agora, nesse instante, estás desperta e os brinquedos espalhados pelo chão desenham um círculo, as fronteiras visíveis do teu mundo – e do nosso também –;　　nada está acontecendo, senão que estamos ali, na sala, eu e teu irmão tentando te entreter, enquanto milhares de fatos se sucedem da porta para fora, mas somos tão limitados que só nos cabe viver esse instante aqui, juntos, esse nada, que, no entanto, a vida nos entrega como um favor – do qual poderia nos privar a qualquer momento –, e, obedientes, eu e Mateus pelo menos, porque tu certamente não tens ainda a ideia de que o tempo fere, e, se fere, o próprio tempo cicatriza,　　eu e Mateus percebemos o tempo rodar pela sala, tomando também os teus brinquedos entre as mãos, o tempo se adere a eles, um por um, silenciosamente, sem revelar que é o seu verdadeiro dono, que pode a qualquer momento quebrá-los para sempre, o tempo que faz de nós, justamente porque o desfrutamos, criaturas em breve (sejam dias ou anos, é sempre breve) sem conserto;　　estamos na sala, Bia, e, de repente, Mateus apanha um brinquedo desses que uma das amigas de tua mãe te deram, quando tu nasceste e nem sabias, e não sabes ainda totalmente (nunca sabemos totalmente, eu já te aviso), que de tua mãe, Juliana, tu não terias, nas contas do amor, mais que nove meses dentro dela, o tempo exato para que te fabricasse, e só um ano do lado de fora, com ela, nesse mundo aqui;   Mateus apanha um desses brinquedos, é um macaco de pelúcia, e dele ecoa uma música divertida quando lhe apertamos o ventre, quem o fez, Bia, não ignora que o contentamento vem das vísceras, tanto quanto das nossas vem todo o pesar que sentimos quando o sentimos na camada mais profunda, onde o medo ancestral do destino nos imobiliza,   e, então, acontece o inesperado, o inesperado mas não grandioso, o inesperado tão previsível que havíamos esquecido de sua possibilidade, então acontece, de súbito, que tu começas a mover os braços e a flexionar as pernas, e esse arremedo de dança, rudimentar, e por isso mesmo gracioso, esse teu gesto desafia todas as tormentas do mundo, esse teu gesto anuncia que tu estás de posse, por um minuto, de uma poderosa alegria, uma alegria que tu ignoras a real potência;   nos últimos dias tens chorado por nada, tens te lançado em meus braços e nos de tua avó Helena, mas neles não encontra aqueles braços, os únicos, capazes de te acolher como pede o teu corpo, eu sei, tu tens sentido a falta de tua mãe, e eu te digo, Bia, tu vai sentir essa falta para sempre, em cada dia de tua vida essa falta estará lá, fiel à tua condição de órfã,   mas então, Bia, tu te moves, e eu e teu irmão apreciamos a tua coragem e te incentivamos a continuar, e tu, Bia, tu nos surpreende, pois tens um ano e um mês de vida, já destes os primeiros passos, mas não sabes falar, porque falar, Bia, vem depois de muito ouvir, a escuta atenta, Bia, precede toda a fala, a natureza assim nos dotou, para ouvir como nosso coração bate quando certas palavras são enunciadas, ou quando o silêncio nele se debate como um pássaro preso, embora nenhuma palavra falada ou escrita possa evocar com a mesma (e suprema) força o que foi vivido, a palavra só diz o que é possível de se dizer, o que é dizível, não aquilo que é sentido e o que esse sentido diz para o espírito,   mas tu nos surpreende, com a tua dança tu estás nos dizendo, *Estou feliz*, e estás feliz porque esquecestes por um momento a ausência de tua mãe, imaginando talvez que seja uma ausência interina, quando, em verdade, é definitiva;   então, tu sorris, e eu posso ver, pela lacuna entre os lábios, os teus dentes, os teus dentes bem separados, como os meus, com esses vazios cortantes no meio deles, ao contrário dos dentes de tua mãe, encavalados, sem espaço algum (como se para vetar a dor, que, no entanto, é hábil em encontrar fissuras); tu sorris, Bia, e, assim, sacodes a minha serenidade, e eu mal consigo dissimular de teu irmão – que já sabe o quanto nos custa manter as emoções sob controle –, o meu estremecimento, porque essa cena que tu produzes, Bia, agride todos os males, por hora adormecidos, com essa cena, Bia, tu abres sem querer a caixa de Pandora, convocando a vingança do real que sempre reage brutalmente contra as levezas;   mas, já que estamos aqui, eu quero viver a plenitude desse instante, mesmo ciente de que outros instantes, talvez de angústia, vão esmagá-lo logo mais (não em minha memória), com essa tua dança, Bia, tu desafias, corajosamente, a vilania dos deuses;   e todas as cordas do meu ser vibram – apesar de meu silêncio – com o sorriso que se forma em teus lábios, esse sorriso que é uma provocação ainda maior, Bia, pois, através dele, o mundo pode ver, lá no fundo de tua boca, rasgando a gengiva, o despontar de um novo dente, deixando entre ele e o mais próximo, um largo espaço,   um oco,   um vazio que há muito herdastes de mim – e que a ponta de tua língua roçará, quando, é questão de dias, aprenderes a dizer a palavra *dor*.

Raissa
BRUNO RIBEIRO

Você tinha pele branca como parafina e olhos negros e puxados. É assim que gosto de me lembrar. Eu não sei por que ainda te amo tanto, mas amo, e a princípio eu me sentia bem com isso, nos primeiros anos, meses, dias, horas, tudo ocorria bem, mas agora as coisas começaram a ruir. Não há mais passado, presente ou futuro? Vejamos.

Você, Raissa, sempre escrevia para mim entre as suas viagens constantes. As cartas eram curtas, algo como: "Oi tudo bem? Tá mó calor, te amo". Toda vez que eu lia uma dessas cartas, eu pensava puta que pariu ela vai chutar minha bunda. Entretanto, com o passar dos tempos, descobri que essa sua concisão epistolar era originada do seu medo de escrever errado. Gramática nunca foi o seu forte, mas sabe que sou rigoroso com isso e preferia me ferir com seu minimalismo a escrever um solilóquio de três páginas, mas cheio de assassinatos gramaticais.

Tu tinha vinte anos nessa época. Fugiu do colégio, pais te tiraram de casa. Sei da sua vida todinha, ainda.

"Não vamos sustentar uma vagabunda", disseram.

Vagabunda é igual a "vou estudar música, papai e mamãe".

Você sempre tocou violino, apaixonada por Bach. Quando tocava *largo ma no tanto*, coberta pelo lençol fino e azul da sua cama mofada, eu confesso que ficava emocionado. O lençol às vezes caia, deixando um pedaço dos seus mamilos aparecerem, e aquilo parecia uma pintura clássica. Uma obra incompleta de Caravaggio.

Você gostava de pintar também, mas nunca teve talento para a coisa. Era uma esforçada. Na verdade, tu gostava era de tudo, mas não queria nada. Tinha talento para a música, mas não corria atrás. Um dia, recebi uma carta no seu tom habitual (econômica nas palavras e adjetivos). Nessa carta, você dizia que iria participar de um concurso de beleza. Respondi a carta. Uma resposta de quatro páginas.

Acho que nunca usei tantos adjetivos na minha vida.

Elogiei seus cabelos, olhos, boca, tamanho, boceta, bunda, disse que você era um triunfo no coração dos fracos. Resumindo, foi uma das coisas mais toscas e deploráveis que já escrevi na vida. Até fiquei pensando se mandava ou não, mas no final das contas, eu mandei.

Depois de algumas semanas, me respondeste através de um e-mail. Mesmo sabendo o quanto odeio e-mails. Dizia: *"No hotel de sempre. Recebi sua carta. Chega disso. Venha me ver, estou molhada. Aliás, ensopada."*

Uma semana depois, peguei um trem para La Plata. Antes de ir, liguei para você, que não parava de falar sobre o concurso de beleza. Pelo visto foi uma grande decepção, não foi? Quando cheguei a sua casa, uma moça corpulenta usando um vestido fétido abriu a porta, chamou "Raissa, pra você", enquanto eu esperava na sala apertada com um tapete vermelho imundo e alguns quadros de péssimo gosto presos na parede que estava quase despencando. Neste dia, tu era uma deusa. Não consigo pensar em outra palavra (e essa é bem idiota), mas foi a única que consegui pensar quando visualizei você com aquele short jeans e regata dos Sex Pistols.

Os dias que seguiram foram incríveis e destrutivos. Vimos muitos filmes, todo dia assistíamos uns quatro. Trepávamos constantemente, como coelhos. Você sempre gostou que a agarrassem com força, comendo com certa fúria. Eu metia como se quisesse empalar. Nesses dias doces e amargos em La Plata, eu conheci os seus amigos maconheiros e artistas (pseudo artistas). Fomos para festas terríveis, locais ridículos e com músicas no volume máximo, assuntos cansativos e cheios de pessoas burras que se acham inteligentes.

Até que chegou o momento. O momento em que perguntei se você queria morar comigo em Buenos Aires. Uma brasileira sem rumo, perdida e cheia de más companhias, poderia se dar bem vivendo com um brasileiro mais maduro, assalariado etc. Falei altas merdas, Raissa, eu sei. E eu também já sabia a sua resposta. Depois de dois meses, peguei o trem de volta para Buenos Aires. Lembro que foi uma viagem terrível.

Depois de um tempo, você mandou uma carta, a maior que já escreveu, explicando o porquê de não poder ir. Conversávamos bastante pelo telefone, eu ainda mandava bastantes cartas, e a vida foi nos atingindo, até que ficamos um tempo sem nos falar.

Fui para o Brasil uma época, e de algum modo você descobriu o endereço em que eu estava. A carta que tu enviou dizia: "Sinto falta do seu pau. Do seu cheiro. Da sua nuca. Do seu cabelo enrolado. Sinto falta do dia em que você me chamou para viver contigo. ps: me esforcei pra escrever algo bonito, espero que passe pelo seu crivo."

Não passou pelo meu crivo, mas fiquei de pau duro.

Alguns anos depois, você me contou as coisas da sua vida que andei perdendo. E depois desses anos, tanto você como alguns dos seus amigos, me contaram o resto. Em detalhes. Os seus amigos sempre me contavam de maneira diferente a mesma história, como em um telefone sem fio, mas no final das contas o que eu achava da sua vida não importava (afinal, sou uma personagem pequena nessa história).

Você se casou. E o sortudo foi um dos artistas maconheiros que conheci nas malditas festas que íamos em La Plata.

Raissa casada. Vê se pode. O marido trabalhava com artes visuais? Não sei detalhes, ok. Mas depois de um ou dois anos (minhas fontes telefone-sem-fio sempre eram falhas nesses detalhes), vocês se separaram. O cara gritou, tu berrou e o empurrou, ele deu um soco que deslocou o seu queixo e quase arrancou o nariz do rosto. Descobri depois que ele treinava boxe. Às vezes penso em você,

Raissa, andando pela bela cidade argentina de La Plata com o seu queixo pendurado e molenga, enquanto o segura com as duas mãos, toda torta, buscando algum hospital, enquanto pede ajuda em uma linguagem deficiente e inaudível.

"aiujjjdaaaa..."

E o queixo vazando.

Sinto-me um filho da puta por ficar rindo disso.

De acordo com os seus amigos, tu conseguiu achar o amor da vida (depois do desgraçado que quase arrancou o seu rosto). Você arrumou emprego em uma agência de publicidade, conheceu gente nova, estava sorridente e feliz: havia se endireitado. E nesse meio tempo, começou a sair com o redator da agência. Mariano era sensível (nunca bateu em ti), inteligente, valorizava música clássica e te incentivava a voltar para o violino. Ele era meio teimoso (mas que argentino não é?).

Vocês nunca brigaram e se casaram.

Com trinta e quatro anos, por algum motivo qualquer (tesão não se adestra), você trepou com um estagiário da agência. Tu cometeu o erro inocente de contar para Mariano. Ele ficou puto. Quebrou o violino, ficou bêbado, cheirou pra caralho nessa noite, tomou doce, vomitou no meio da rua e pediu pra uma puta chupar seu pau e engolir a gozada.

O relacionamento acabou. Outro casamento destruído.

Quando você estava prestes a fazer trinta e cinco, Mariano ligou. Disse que gostava muito de ti, a respeitava, nunca iria esquecê-la, mas que estava saindo com outra mulher. E que era para você parar de ligar pra ele.

Raissa, olha, você até que aguentou bem o pé na bunda.

Entrou em depressão, tomou alguns remédios, mas nunca entrou em desespero. Agia com cautela, desconfiada, mas sem pirar. Neste período, tu dormiu com vários homens, eu incluso. Nessa fase *Raissa-descartada*, você trepava com a mão na cabeça. Amarrava-me na cama e começava a cavalgar como uma fera endiabrada.

Eu tinha medo de te deixar sozinha. Sair para comprar leite e quando chegar, lá estaria você com os punhos estourados, rodeada de sangue e veias.

Depois deste período sexualmente agressivo e silencioso (nós praticamente não falávamos um com outro), eu te abandonei. Mas dessa vez decidi ligar constantemente e manter contato próximo com um ou dois amigos seus, eles poderiam me atualizar dos detalhes. Foi dessa forma que consegui saber de algumas coisas que não seriam fáceis de descobrir.

Histórias que eu não precisava saber.

Tu voltou a trabalhar na agência, agora era diretora de arte sênior (seja lá que porra isso seja). As pílulas novas que você andava tomando conseguiam regular a sua ansiedade. Até que tu foi transferida para o Brasil, estava em Belo Horizonte. Achei isso bacana, estar na terrinha de nascença sempre ajuda. Foi nessa bela cidade que Rodolfo apareceu.

Rodolfo era diretor de filmes publicitários e estava na luta para conseguir financiamento para o seu primeiro longa-metragem. Foi em um desses trabalhos publicitários que ele te conheceu. Rodolfo era inteligente e tinha bom gosto (um clone de Mariano, versão brasileira). O tempo foi passando e Rodolfo conseguiu a grana para gravar seu filme e, neste período, ele perdeu o interesse por você.

Raissa, trinta e sete anos, lutando para segurar o suposto homem da sua vida. Pois é, a luta foi ganha.

Vocês tiveram um filho.

Em uma ocasião, tive que ir novamente para o Brasil a trabalho. Estava em São Paulo e decidi ir para Belo Horizonte. Sempre quis conhecer a cidade, alguns amigos sempre me falaram bem de lá. Liguei para você do meu hotel, disse que estava na cidade, e combinamos de nos ver no dia seguinte.

Quase não te reconheci. A maquiagem levemente borrada, as roupas estilosas de antes deram lugar para um vestido florido horrendo. Para piorar, uma breve áurea de frustração contornava seu corpo enorme. E isso me surpreendeu, porque nunca imaginei que você aspirasse alguma coisa. E se você não aspira ser nada, então como pode se frustrar? Seu sorriso era de plástico, torto e forçado. Beijamo-nos na bochecha, como dois idiotas no colegial. Não tínhamos assunto, por mais que eu soubesse tudo de sua vida, eu não consegui falar nada.

Até que respirei fundo e quebrei o silêncio.

"E seu filho?"

Você disse que ele estava um pouco doente, nada demais. O clima frio e tal. Perguntou dos meus filhos, eu respondi que estão arteiros como sempre. E tu mal me deixou terminar de responder para perguntar: "Como eu estou? Tô bonita?" Essa pergunta foi cruel.

"Mesma coisa", menti.

Tomamos um café, andamos por algumas praças e seguimos até o meu hotel. Olhamo-nos por um tempo, você não sorriu, beijou meu rosto, eu beijei a sua testa, e dissemos tchau um pro outro.

Essa foi a última vez que te vi.

Ainda nos falávamos pelo telefone. Eu sempre ligava entre o período de três ou quatro meses. Falávamos de assuntos triviais, tão abstratos quanto um quadro cubista. Você falava da agência, dos estresses do dia a dia, do marido que vivia viajando, do filho problemático, e às vezes até chorava. Em uma dessas ligações trágicas, eu disse que você merecia o melhor.

"Que estranho", tu respondeu.

"O quê?"

"De todas as pessoas que conheço você falar que eu mereço o melhor."

Mudei de assunto e desliguei o telefone. Quase quebrei o telefone público (nunca tive celular ou qualquer merda do tipo, sempre me comuniquei por telefones públicos.)

Três meses se passam, volto a ligar. Tu diz que está com câncer. Sua voz soa fria, levemente rouca. Você conta como se fosse um fluxo de consciência, colocando exclamações onde não se deve, ignorando as vírgulas, praticamente contava para si, ignorando que havia outra pessoa escutando suas lamúrias. Até que tu começou a rir, e desligou.

Nessa noite eu dormi mal. Tive vários pesadelos. Em um deles, você aparecia rindo da minha cara. Só acreditei que você estava com câncer quando dois ou três dos seus amigos confirmaram.

Estava em Puerto Madero, vendo a lua cheia, segurando minhas lágrimas que, quando desceram, estavam salgadas. Minha cabeça estava prestes a cair, tudo girava, procurei por cigarros e achei um. Acendi, com as mãos trêmulas, fiquei imaginando você no hospital. Os médicos falando termos complexos, o marido ajoelhado, enquanto os amigos tentavam acalmá-lo.

Raissa deitada. Olhos abertos. Mórbida. Fria. Vegetal.

Eu não poderia tocar nessa Raissa, trepar, conversar, ajudar, não agora. Essa Raissa, você, talvez não tão você ou talvez mais você do que nunca, jamais poderia me salvar. Jamais. Olhei para o lado e vi um casal sorrindo enquanto tomavam sorvete. Acho que esse foi o único momento em que deixei de pensar em ti.

Tinha semanas que eu ligava duas vezes ao dia. Nossas conversas eram curtas e idiotas, lembra?, e o que eu realmente gostaria de dizer, eu não dizia.

"Tchau, se cuida."

"Tchau."

E assim terminava mais outra conversa sem futuro.

Uma vez, eu falei com o seu filho. Outra vez com Rodolfo. Eles estavam bem, não aparentavam estar nervosos como eu estava. Teve um dia que você foi ao hospital encarar mais uma sessão de quimioterapia, eu liguei e quem atendeu foi Rodolfo. Ele disse que você não estava. Perguntei se ele estava no hospital contigo, Rodolfo engasgou um pouco para responder: "Ela tá sumida faz três dias". Pelo tom de voz, suspeitei que ele pensasse que você estivesse comigo.

"Ela não está comigo", respondi na hora.

Tomei um banho, me arrumei e aguardei. Jurava que você apareceria no meu apartamento. Tu sabe o endereço, sabe andar em Buenos Aires como ninguém, eu sei que você ainda lembra do meu endereço.

Neste dia, você estaria fazendo quarenta e poucos anos. E não apareceu no meu apartamento.

Nos próximos dias, eu fiquei ligando para Rodolfo. Nada de Raissa. Com o tempo, a voz dele tornava-se mais melancólica, lembrava o violino que você tocava para mim em sua quitinete. Na segunda semana, Rodolfo começou a falar do seu filho, o moleque ficava perguntando sobre a mãe dele.

"Toda noite eu me pergunto onde ela está", ele dizia.

O seu marido precisava de um luto, de um amigo para segurar sua mão neste momento.

Liguei para ele mais uma vez, escutei seu desabafo, disse que ligaria de novo e desliguei. Nunca mais liguei. O puto necessitava de um apoio, mas eu não estava em condição de dar isso para ele. E também não sei como arrumei condições de escrever mais esta carta para você, Raissa. Viva ou morta. Há diferença? Talvez você tenha encontrado aquilo que sempre buscou. Vá saber o que seja. Mariano não deve saber, nem Rodolfo, nem o cara que te socou, nem seu filho. Nenhum dos homens que cruzaram a sua vida. Talvez o câncer tenha sido uma iluminação pra tu perceber algo mais profundo, algo que nenhum de nós poderíamos acessar.

Na dúvida, a porta da minha casa estará aberta, sem chaves, escancarada. Ninguém virá me roubar ou matar, claro que não. Neste prédio fantasma habitam aposentados estrangeiros e defuntos que só serão encontrados quando o corpo começar a feder. Em breve serei um desses. E mesmo morto, saiba que estarei no seu aguardo, já sabendo, entretanto, que você nunca mais voltará para mim ou para qualquer outro.

Quando eu acordei, você já tinha ido

MARCELA DANTÉS

Foram onze horas entre o momento exato em que a gente se separou e o meu primeiro abrir de olhos sem você. Depois, mais três ou quatro dias num estado profundo de dor, letargia, as pessoas entrando e saindo e passando a mão no meu cabelo e beijando a minha testa e eu pensando eu quero morrer, porque é que eu não morri? E a luz branca, a luz branca e louca e incessante, a luz branca que não sabia o que era noite e, nossa, eu sempre preferi as luzes amarelas.

Eu me lembro da dor: a insuportável sensação de acordar sem uma parte de mim, sem você. Eu me lembro do pânico: porque é que eu não morri e como eu faço pra morrer agora se eu não consigo nem me levantar sozinha dessa cama?

Eu me lembro de rir até chorar pensando em quanto dinheiro eu já gastei com sapatos, nesses trinta e tantos anos. Podia ser metade, eu ria, ria, e ninguém quis rir comigo, a louca, coitada. A coitada. Eu podia ter economizado um caralho em sapatos!

O que eu aprendi com essa nossa história é que dá pra dividir o mundo em dois grupos: os panos quentes, que ficam dizendo que não adianta procurar culpados, e aqueles que me perguntam, os olhos injetados de raiva, o que é que eu vou fazer para acabar com a vida de quem me trouxe até aqui, de quem tirou você de mim. Eu me rasgo em duas. Na verdade, acho que o mundo se divide em quem divide o mundo em categorias e quem não.

Eu sim.

Eu ainda te sinto, sabia? Já se passaram anos, mas eu ainda te sinto. Hoje tomei dois cafés, um capuccino ruim e comi um danoninho que veio na refeição feliz do meu filho, mas é claro que eu não ia dar aquilo pra ele, é uma bomba de conservantes. Hoje eu tomei dois cafés, um capuccino ruim, comi um danoninho e pensei em você. E fiquei olhando para o espaço que você ocupava, que não é tão grande assim, mas é enorme. O buraco. Nem sempre eu estou bem.

Foi no dia vinte e dois de julho de dois mil e treze, você lembra? Claro que você não lembra. Eu queria esquecer, mas é impossível. Eu sei o dia e a hora exata em que tudo mudou. E sei que era uma segunda-feira, que é um péssimo dia para se perder qualquer parte do corpo. Eu não entendo, se pelo menos fosse sábado, sabe? Que é que alguém faz completamente bêbado numa noite de segunda feira, bem no meio do ano? O Papa Francisco tinha acabado de virar papa e fazia sua primeira viagem, e era justo para o Brasil. Sim, a nossa separação foi abençoada pelo novo papa. Sim, é horrível. Será que nesse dia nasceu alguém grandioso? Ainda não dá pra saber, porque ninguém é grandioso aos oito anos. Dois dias depois, o meu time ganhava o campeonato mais importante da sua história, um momento que eu me preparei para viver desde que, com cinco anos, entrava de mãos dadas com o meu pai num estádio lotado, a torcida que gritava e pulava e eu juro por Deus, fazia a arquibancada tremer. Eu sentia o chão tremendo com as minhas duas pernas, os meus dois pés e meu coração sozinho. Você sabe (você não sabe), a gente nunca acha que vai ganhar, a gente morre de medo. Mas não importa, porque a gente canta um canto gritado e a arquibancada treme e nosso corpo inteiro também. Eu tinha ingresso para aquele jogo. Eu ainda tenho, porque eu não fui, ninguém foi. Ninguém pensou nisso, depois de segunda-feira e ele ficou lá, na gaveta de um móvel de cabeceira de uma cama onde eu não estava. Nem você.

Foi muito rápido, ainda que a sensação continue se arrastando pela vida inteira. Aconteceu em menos de um minuto: eu caminhava na calçada, em direção à farmácia. Ia comprar um remédio para dor de cabeça, a ironia. Meu Deus, a ironia disso. São duas quadras entre a minha casa e a farmácia. Duzentos metros. Se o elevador não estivesse no meu andar quando eu decidi sair de casa, se eu tivesse esperado o tempo de uma música ou menos, você ainda estaria aqui. Porque aquele carro, aquele estúpido Fiat Palio de cor bordô, não teria avançado sem controle em minha direção. Porque aquele motorista, aquele estúpido e alcoolizado motorista teria, sim, do mesmo jeito, dormido com o pé pesando o acelerador, mas isso não seria problema meu. Mas quando eu saí de casa buscando um remédio pra dor (eu usava uma calça preta e uma camiseta amarela de tecido molengo) e o elevador já me esperava, quando isso aconteceu, você sabe, formou-se a condição perfeita para que o carro-Palio e o motorista-monstro viessem os dois pra cima de mim e me esmagassem na parede do meu prédio mesmo, e arrancassem a minha perna, a minha melhor perna, você.

Você sabia que a farmácia aqui do bairro faz entrega sem taxa?

Foi o porteiro, o Ernesto, quem me encontrou. Não foi como num filme, quando você vê as luzes perigosamente perto de você e dá tempo de relembrar todos os momentos importantes da sua vida e você sente coisas enormes e profundas e se a câmera (que não existe) desse um zoom no seu rosto conseguiria ler uma tranquilidade de quem sabe que não se briga com o inevitável. Havia luz, sim, mas eu não estava olhando para ela, pelo simples fato de que eu olhava para a frente, eu já avistava o letreiro também luminoso da farmácia, o meu destino, o lugar em que eu chegaria em pouquíssimo tempo, que me tiraria a dor de cabeça e quem olharia para o lado quando se está no meio da calçada? Eu que não. De modo que o que veio primeiro foi o barulho, o som altíssimo da pancada, carro contra parede e foi muito, muito rápido, mas eu pensei deve ter sido aqui perto. Não houve barulho de freada, porque ele estava tão bêbado que não tentou parar. Ele foi, o carro foi e eu pensei que tudo acontecia muito perto de mim, eu juro que eu pensei isso, imediatamente antes de entender que tinha sido tão perto, tão perto, que foi dentro de mim.

Depois eu desmaiei.

E você, ah, minha querida, foi você que ficou. Esmagada entre a parede do meu prédio e o que sobrou do carro. O meu coração bombeava o sangue, porque é isso que os corações fazem, mas o sangue não conseguia te alcançar, atravessar os muitos quilos daquele Palio e você foi se esvaindo, morrendo, rasgada estraçalhada tão perto de mim. Eu não vi nada, o Ernesto falou que o socorro chegou logo, mas o tempo dele é diferente do meu. Eu só abri os olhos dentro da ambulância. Você já viu o teto de uma ambulância? É o pior lugar do mundo para se olhar, porque você procura todas as respostas e nenhuma delas está ali. Nenhuma. Eu carregava uma dor imensa e uma perna que já não prestava. Mas ainda era a minha perna e ninguém me contou que seria por pouco tempo. Ninguém conversa com a pessoa deitada na maca no meio da ambulância, sabia? Coloca-se o soro, qualquer remédio que te tire da realidade (mas eu estava ali) e aquele cobertor prateado (eu não tinha frio) e aí é como se tudo estivesse resolvido, não é preciso falar com a vítima.

Não é preciso contar pra vítima que ela vai direto para uma sala de cirurgia. Menos ainda que ela vai sair sem uma parte. Foram os outros que decidiram por mim, porque a gente quer vivo quem se ama e falaram para eles que só assim eu viveria e eles disseram corta. Cortaram.

Cortaram você e ninguém perguntou, nem a mim nem a você. O que você teria dito?

Eu queria ter me despedido. Não tô falando de um ritual cafona, a missa da perna arrancada, o adeus ao membro morto, nada disso. Mas se eu soubesse que aquela caminhada até a farmácia seria a minha última com você, eu teria prestado mais atenção aos detalhes. Na forma como o corpo todo precisa se encontrar para que cada passo seja dado, para que a gente não acabe com a fuça no chão todas as vezes que tenta chegar em algum lugar. Eu teria descido os sete lances de escada, talvez correndo um pouco, ou como quando eu era criança, pulando um ou dois degraus de cada vez. Eu teria feito, muito lentamente, esse movimento estúpido de girar o pé, fazendo estralar o tornozelo, acordando as articulações.

Articulação morta não acorda. Eu não tenho mais: tornozelo e joelho direitos. A cirurgia foi, em termos técnicos, uma desarticulação do quadril. Foi tudo embora, cortaram você na altura da minha bacia, o fêmur inteiro eu também não tenho mais, e agora é a pelve que controla o que veio depois de você. Eu preciso dizer, não são movimentos naturais, ou fáceis, ou mesmo bonitos. Com o tempo a gente vai se acostumando (a gente se acostuma com tudo), o peso do mundo na cintura, o resto em volta.

Se essa fosse uma carta de amor eu te contaria com delicadeza que depois de você veio uma prótese. Quatro, na verdade, até que eu me adaptasse minimamente a essa que tá aqui, encostada na parede do meu quarto enquanto eu te escrevo. Feita sob medida. Sistema de encaixe por cesto pélvico (é horrível), tudo em fibra de carbono, resina acrílica, aço e titânio. Diversas opções de velocidade de caminhada, mas se arrastar é impossível. Eu já tentei. Um joelho esquerdo esfolado é um lembrete de que você ainda tem um joelho. Ninguém ocupou o seu lugar, não é isso, nunca foi. Você deixou um buraco.

Você deixou a dor fantasma, os meses de fisioterapia, as feridas de tudo que é duro tocando a minha pele. Deixou um ódio por cada degrau desse planeta e, por muitas vezes, um ódio por mim. É preciso ter para entender. Tem tanto que eu já não tenho. E tem o quanto eu chorei, e ainda choro. O que não tem é você, a gente.

Tem um Palio dentro de mim e isso dói muito mais que dor de cabeça.

A bicicleta amarela
TAYLANE CRUZ

Tia Neusinha, uma vez a senhora falou na aula de catecismo que perdoar é o único gesto que não maltrata. Eu era tão pequena, mas a beleza das suas palavras encontrou pouso no remanso do meu coração. Escrevo estas primeiras linhas e parece que espeto com a ponta do lápis uma superfície que se abre como se esta ponta fosse a de um bisturi. Com o bisturi retalho a película de um corpo e neste corpo estão a senhora e todas nós, muito meninas, sapecas, dentes faltando, pulseirinhas coloridas, anéis de acrílico, chiclé, bicicletas, calcinhas secretamente amareladas no fundo. A senhora tentava desesperadamente nos convencer do amor de Deus, lembra? Foi com este Deus que acordei essa manhã e, por isso, te escrevo. Acordei assustada, desassossegada como se Ele, com sua boca grande e cheia de dentes, me tivesse mordido no pescoço. Sempre fui medrosa, a senhora lembra? Fechava os olhos, quando entrávamos na igreja, eram assombrosas aquelas imagens, aquele Cristo mutilado exposto quase nu, para nós, menininhas ainda com peitinhos por nascer. Quase desisti das aulas de catecismo, do coral, de tudo. Só continuei por causa dela, a nossa Lia. Escrever o nome dela é como cravar um espinho no papel. Perdoe-me, sei que ainda lhe dói este espinho e, se o envio junto com esta carta, é por amor. Sabe, tia Neusinha, às vezes, eu daria um dia da minha vida para poder ser aquela menina outra vez. Lembra como a gente caprichava nas encenações da Paixão de Cristo? A senhora agora deve estar dando risada lembrando da bagunça que foi aquela última vez, quando fui Jesus, pois o João quase desmaiou de medo ao saber que teria de ser pregado numa cruz. Foi ali que perdi parte do meu medo. Lembra como a Lia e eu logo disputamos o papel principal? Ela acabou cedendo, pois me amava demais, aceitou ser aquela que limparia meu sangue de groselha depois. Sabe, tia Neusinha, ter sido pregada naquela cruz de madeira, com falsa coroa de espinhos sobre mim, foi como nascer outra vez. Ali, pregada cheia de espinhos, que furavam de mentirinha, fingindo imolação e com todos ao meu redor segurando os risinhos era como se eu fosse uma flor desabrochando no topo do mundo. Era tão bom todo mundo junto no auditório da escola ensaiando e dando risada com o cordeiro do Senhor. Éramos muito amigas eu e a Lia, a senhora sabia? Por isso, eu quero que a senhora me perdoe. Eu deveria ter contado antes, mas, só hoje tenho coragem de desembrulhar um segredo que guardo dentro da menina que fui. Tive muito medo da senhora não entender, não perdoar. Se eu soubesse como seria, teria contado antes, juro. Quando a Lia me contou, perguntei: mas quando será? Ela não respondeu, ficou só me olhando com aqueles olhinhos de fruta que ela tinha. Sabe, tia Neusinha, quando ela me contou, achei que não, afinal, a Lia era cheia de histórias, lembra? A senhora lembra quando ela começou a fazer milagres? No início, eu acreditava desacreditando, mas, uma vez, diante de todas nós, ela provou seu poder. Foi no jardim da escola, nós todas em volta de um arbusto de plantinhas. Ela nos convocou imperiosamente, os olhos sempre voltados para o chão. Acocorada diante do arbusto, abriu as duas mãos e balançou-as como se fossem as asas de uma pequena ave. Em seguida, pousou-as sobre as plantinhas que, ao levissíssimo toque, se fecharam como se adormecessem. Ficamos em êxtase com o milagre! Como ela conseguia fazer aquelas plantinhas fecharem os olhos? Como conseguiu colocá-las para dormir? Imploramos, "ensina a gente a fazer milagre também, Lia!" Desde então, nós a seguíamos apostolares, ela era a nossa santinha, nosso anjo, a nossa milagreira. Saíamos pela rua e ela, com suas mãos mágicas, fazia acordar as borboletas, fazia os pássaros cantarem e dançarem em voos, mudava de tom a cor do céu, até galinhas botavam ovos pelo toque de suas mãos. Todas as tardes ficávamos no bequinho do outro lado da rua só para esperar a hora em que Lia iria mudar o sol de lugar, acender as estrelas e fazer aparecer a lua. Mas, depois de um tempo, tudo isso parecia ir terminando. Ela disse que estava cansada de fazer milagres, que já não suportava ser assistente de Deus, que o mundo dava muito trabalho. Me chamou num canto e confessou: "Sabe, Tereza, estou ficando doente, está me deixando doente vigiar e cuidar do mundo." Foi nesse mesmo dia que ela me contou, desabafou comigo. Ela sabia que, um dia, iria desaparecer. Achei bobagem, falei pra ela "mas você é a nossa santinha, Lia, o nosso anjo". Ela não disse nada, fez um carinho no meu rosto como se tivesse pena de mim, como se fosse minha mãe. Tinha uma janelinha na boca e sorriu. Passei muitas noites tendo pesadelos, eu não conseguia entender. Até que aconteceu. A gente andando de bicicleta, a Lia, na frente, abrindo o caminho, as meninas e eu atrás, a bicicleta dela entrando num terreno baldio, detrás do terreno, um morrinho, quase desfiladeiro. A bicicleta foi ficando longe, muito longe e sumindo. Aceleramos, mas nenhuma de nós teve coragem de olhar, era alto demais o abismo daquele lugar. Aquele dia foi como um pesadelo. Uma vez voltamos lá, aquela cruzinha com fitinhas e com o nome *Lia* gravado parecia até que estava espetada na gente. Não sai de mim a imagem da senhora gritando "onde está minha filha, onde está minha filha?" Parecia que o coração da senhora estava todo de fora. Eu deveria ter contado antes, tia Neusinha. Antes de tudo aquilo acontecer, ela me entregou seu último dente de leite. Era uma coisa nossa trocar presentes. Guardei o dentinho como um tesouro no meu cofrinho e, hoje, tantos anos depois, quebrei o cofre para devolver o dente à senhora. Espero que seja bom ter um pedacinho dela de volta. Sinto muito, tia Neusinha, sei que deve doer todos os dias. Mas, peço que perdoe por eu não ter contado antes. Desde que a Lia desapareceu, passei muitas noites sem dormir, acordando assustada. Até que uma madrugada levantei e, da janela, fui conferir o mundo que, diante de mim, ainda existia. Eu também faço milagres, mas ninguém nunca soube, nunca contei. Só a Lia, ela já sabia, pois, bem antes de sumir, viu um dia em que, ao toque das minhas mãos, o mundo rachou ao meio. Estávamos sozinhas andando de bicicleta nos fundos do cemitério, a Lia queria muito ver os defuntos, velar por eles, prepará-los para a sua chegada. Entramos. O cemitério era tão grande que os túmulos se multiplicavam como dominós enfileirados. Vimos muitas crisálidas rachadas penduradas nos galhos das árvores, corpos de gafanhotos embalsamados sobre as lápides, borboletas mortas esvoaçando no chão como folhas secas. Era uma mistura de cemitério e jardim. Eu olhava tudo com medo e curiosidade, a Lia parecia íntima dos mortos enterrados ali. Dava para sentir o cheiro das flores, elas haviam brotado por cima dos túmulos, esparramadas por cima das lápides pareciam umas cobras. As árvores, com seus olhos sobre todas as coisas, espiavam aquelas duas pequenas enxeridas que éramos nós. Vi então uma pequenina flor ao pé de uma árvore magrinha, brotava miúda, tão miúda que dava pena só de olhar. Deveria ser proibido coisas assim tão pequenas e frágeis no mundo, pensei, é muito arriscado deixá-las tão soltas. Me aproximei da miúda flor que abria seu pequenino olho em direção ao sol. Quis colhê-la, mas recuei o gesto, a Lia não me deixou, disse que não se arranca nunca, jamais uma flor. Com a mão, apenas toquei uma pétala, não quis provocar na flor mais do que um susto passageiro. O que eu não esperava eram as consequências daquele gesto inocente. Porque de repente acordei todas as coisas. Os túmulos começaram a tremer, o chão a rachar, as árvores precisaram segurar umas nos galhos das outras para não caírem. Saí correndo atravessando o portão, o coração como uma pedra enganchada na garganta. Foi a Lia quem me acalmou. Singela, apenas pousou sua mãozinha no meu ombro e falou: "Você precisa praticar". Levou-me então para um chão cheio de pedrinhas, e eu vi, só com a força do coração dela, uma pedrinha mexer. Fiz muita força e também consegui, fiz uma pedrinha rolar. Desde aquele dia, guardei comigo este segredo, é muito perigoso esse poder. Acho que por isso a Lia não aguentou, ela esbanjava, não tinha medo de usar, até que um dia a pobrezinha cansou. Tentou ainda uma última vez, fui com ela, eu era sua discípula mais fiel. Enquanto ela movia a direção do ar, uns meninos apareceram, ela pediu silêncio, ficassem quietos pois estava compondo uma música, seria bela aquela canção a ser distribuída por muitas cidades. Eles atiraram pedras, tentei impedir, falei "a Lia é um anjo, está afinando as cordas do ar". Eles não gostaram, atiraram mais pedras, fizeram um buraquinho na testa dela dizendo "anjo coisa nenhuma, mais parece um urubu". Era sempre assim, tantas vezes tentaram impedir os milagres que ela fazia. A senhora não sabia, mas a Lia sofria muito quando era machucada assim. Quando ela me contou que iria desaparecer, quis ajudar, falei pra ela que iria pedir socorro, a gente podia contar tudo pra senhora, que a senhora não deixaria nada de mal acontecer. Mas, ela não aceitou minha ajuda, era tarde demais. Por isso, jurei não fazer milagres, sei como podem machucar. Hoje mesmo quase adoeci só porque, sem querer, fiz uma joaninha voar, a senhora percebe o risco? Fico quietinha para Deus não me convocar como fez com a Lia. Tia Neusinha, peço que me perdoe. Se escrevo esta carta é porque a palavra é um ato de amor. Perdoe se, com a ponta do meu lápis, furo você. Também dói em mim, testemunhar é um fardo, nos obriga a agir, e eu vi: de longe, vi quando a Lia mexeu o guidão oxidado, enfeitado com fitas coloridas. Não apertou o freio, acelerou jogando, naquele abismo, a bicicleta amarela como um corpo atirado dentro da boca de um mistério que ninguém jamais entenderá.

Azul moderno
OLÍVIA NICOLETTI

―

4 de out. 20:41
Hoje faz uma semana desde o dia em que você escolheu não estar mais aqui. Sinto ainda doer aterrorizante cada centímetro do meu corpo porque o aqui extrapola a última camada da minha própria pele e, osmótico, engloba as fronteiras e além. Este quarto, a sala de aula, o campinho de futebol, a esquina do cinema, o outro lado do oceano – todos os lugares que já não eram tão aqui assim, que já não configuravam teu habitar em mim.

Parece-me agora que estou fora de órbita e observo a Terra como apenas mais um lugar onde você escolheu não estar. E então, ela se alarga: Marte, Saturno, a Via Láctea, as galáxias próximas e as distantes, aquelas estrelas vermelhas que já morreram há muito tempo, mas uma falha nas métricas do tempo e da velocidade insiste em nos incidir a luz.

(será que você também já estava morto antes de tirar a própria vida?)

Sinto uma grande inadequação envolver a minha existência. Um tipo de débito. Como se fosse algo que eu deveria ter feito antes. Retirar-me assim, de pronto. Por isso, penso que vir aqui te contar como tem sido deve restabelecer meu lugar no buraco da tua ausência.

Gaspar, eu fiquei atônita, perplexa, embasbacada. Se precisasse descrever o que sinto agora seria como ter tomado um tiro num órgão vital e continuar vivendo. Presa dentro de um corpo tão aberto, exposto e dolorido que já não sente nada. Imerso num silêncio que separa fisicamente minha humanidade do restante do mundo. Um vácuo de todas as coisas. Como se um gongo imenso soasse cronometrado ao redor da minha cabeça o-tempo-inteiro:

OMMM

OMMM

OMMM

Quis pagar esse débito no ato, antes da anunciação de que não veria teu corpo outra vez. Gaspar, foi assim:

me joguei no chão esperando um desmaio que não veio,

quis deitar ao teu lado.

claustrofóbica, você sabe,

tentei impedir que te fechassem.

Pintei-me louca, bicho-gente, Macabéa, Capitu – mas, nesse caso, quem não entendeu a profundidade da traição fui eu. Que grande sacanagem!

E, então, o amor. O meu, o seu,

o nosso amor

Eu sempre penso para onde vai o amor quando não existe mais o objeto a ser amado. Como se fosse possível solidificar esse sentimento de entrega. Tento ainda catar no ar as partículas que evaporam: da espera, do desejo, do toque, da devoção, da lealdade que, sei agora, era unilateral. Como se viajassem por aí, invisíveis, sem pista de pouso – tua órbita, teus cheiros, tua pele, o transpasse entre as camadas do teu corpo que faz chegar na garganta, porque acho que é através dela que vibremos o amor.

O amor... que agora flana pela Terra em abandono.

Deveria ser possível colar um selo nesse envelope com endereço de devolução para que ele pudesse encontrar o lugar de retorno ao remetente.

Mas, eu nunca estou em casa para receber o que volta para mim.

Tua falta não cabe num rio, amor.

Da tua,
L.

6 de out. 22:22

No dia dois, vomitei 17 vezes seguidas, é claro. Como naquela vez em que você me disse que pretendia se mudar de país e eu teria que aprender a voltar do colégio sozinha. "Mas, você é boa de mapa, não é?". Inventei qualquer doença para te esconder que o enjoo era reflexo do desespero pela tua partida leviana, como se o maior problema da minha vida fosse o caminho de volta para casa.

Não, eu nunca fui boa de mapa.

L.

7 de out. 17:13

No dia três desabei num choro surdo que me agarra pela garganta

    compulsivo,

    compulsório,

    infinito.

Meu corpo é uma nuvem carregada que deságua e causa enchentes pela cidade. Leva tudo e não lava nada.

Estou entregue, então. Não tenho o menor poder de escolha. Obedeço os caminhos naturais pautados pelas tuas escolhas e foi sempre assim.

Eu jamais vou sair dessa câmara de dores em que você me jogou.

Desse pedestal dos traumas insuperáveis.

Das setenta e duas ligações perdidas na madrugada do 27.

Eu nunca mais vou sair daqui.

Gaspar, eu queria ter sido menos tua,
L.

15 de out. 10:30
Gaspar, sinto muita raiva o tempo todo – ainda não de você.

Agora, vou te dizer, achei a carta muito mal escrita. Não apenas pelo fato de que não me foi compreensível, mas porque teu português sempre deixou a desejar. Vamos ser práticos por um segundo: como assim você não consegue continuar?

Você nunca começou nada na vida.

Sempre foi deixando pelo caminho

os livros,

o excesso de bagagem,

os fios de cabelo,

as decisões erradas,

como se nada fosse tua obrigação, como se nada te tocasse.

Nunca deixou que o continuar chegasse até você, sou prova (quase) viva.

Da tua,
L.

16 de out. 2:04
Antes da carta, não entendi o ato. Por quê? Por que você fez isso comigo? Por que você fez isso com você?

Estou tão sozinha que passo os dias mentalizando que te vejo em sonhos – ainda que eu não acredite em deus, em energia (vez em quando duvido até da matéria) ou qualquer coisa que explique encontros extracorpóreos.

Fantasio

com tua chegada em casa,

que me contas do teu dia,

e me acordas desse pesadelo.

Quem sabe mais tarde você ainda chegue.

Da tua,
L.

16 de out. 4:59
Por que você fez isso comigo? Era o que deveria estar explicado na tua maldita carta.

30 de out. 6:05
Hoje sonhei com uma baleia.

Boio à noite num mar escuro e debaixo do céu in-estrelado, mas não sinto medo.

Tampouco sinto paz.

O breu me pega pela mão para lembrar que a inércia da minha existência agora é essa: um sacolejo sem destino. Um estar infinito.

Ainda que mergulhe profundamente, ainda que use as toalhas azuis do cais para secar a pele, continuarei em estado de estar.

Meu corpo lânguido, pequeno e pesado é jogado com a força da água de um lado para o outro, como se fosse aquelas boias que batem no casco do barco. Paradas, mas em movimento. Indo e vindo. Indo e vindo. Minha prisão voluntária.

O som surdo dos barulhos constantes,

método de tortura,

penetra os ouvidos e todos os outros buracos do meu corpo. Mas não me enlouquece, não. Ainda estou e, por isso, é impossível que eu seja agora qualquer coisa que não essa.

Meu corpo responsivo a um engano: quando a força da água aumenta, começo a dar voltas em minha própria circunferência. Cada volta se arrasta e demora cerca de um minuto inteiro. Mantenho abertos os olhos fragilizados pelo sal, porque não faz sentido bloquear qualquer estímulo de dor ou incômodo.

À quilométrica distância, dança

uma baleia azul.

Tenho nutrido essa nova obsessão pelas baleias. Penso que se a massa do meu corpo ocupar na Terra um lugar não tão pequeno, a tristeza que sinto neste estar seria dispersa, como se pulasse de célula em célula, correndo por veias compridas, adentrando gigantescos pulmões, sendo compartilhada, espaçada, diluída em água, ar e matéria de mim.

Sinto imensa vontade de chorar,

mas paro fixos os olhos na baleia.

Me acomete aquela frase de Nietzsche:

"Se você olhar longamente um abismo, o abismo também olha dentro de você."

Quando eu era criança, costumava esconder-me por trás do recuo de madeira aos pés da cama onde dormiam meus pais. A janela que terminava próxima do chão permitia o voyeurismo inocente da rua, passagem de dona Amália. A velha cega de uma vista tinha as costas curvadas para frente, como se quisesse desesperadamente entrar dentro de si mesma, e andava a passos lentos. Eu a acompanhava apenas com um dos olhos para fora do esconderijo e afundava o rosto todo no colchão sempre que ela ameaçava me olhar de volta, tamanho o medo que tinha de cair no abismo que era a sua tristeza.

A baleia, agora com os olhos fixos em mim, se aproxima tão lenta, que quase caio no sono. Desperto nos estalos do canto do bicho fêmea – um grito afinado, triste, dolorido, vagaroso.

Aos poucos entendo que ela canta o grande lamento final de *Dido e Eneias*, aquela que ouvimos no toca discos da tua mãe, lembra? A última parte do terceiro ato é composta por apenas duas frases:

"Quando eu for depositado na terra, que meus equívocos não aflijam teu peito. Lembrai-me, mas ah! esqueça meu destino".

Anseio pela chegada da baleia em proximidade de toque como se ela fosse me salvar do afogamento. Como se ela pudesse empurrar com a boca o meu corpo para fora do vão azul e melancólico em que me meti sem querer. Como se toda a força que perdi dos braços e pernas pudesse ser recuperada por meio de sua atração.

Ela, entretanto, recua. E mergulha fundo para onde os olhos não podem mais ver.

O empuxo cria um silêncio grave e parece agora que a água não tem mais densidade suficiente para me fazer flutuar, por isso engole grande o meu corpo.

Gaspar,
eu acho que nunca vou conseguir te perdoar.

10 de nov. 16:08
Gaspar, venho por meio desta, pedir sinceras desculpas pela ausência – lembra de quando a gente brincava de se tra-tar for-mal-men-te o tem-po to-do. Às vezes ensaio algo do tipo com outras pessoas, mas ninguém entende.

Acontece que Camila, a psiquiatra, achou que eu estava levando esse papo muito a sério.

Eu estou.

Mas, você sabe, é preciso materializar a falta. Encontrar um galpão onde eu possa guardar de forma gratuita a mobília emocional que ficou presa às minhas costas.

Ela pesa.

Sinto tua falta o tempo todo.

Da tua. Ainda tua,
                                              L.

                              15 de nov. 3:25
Por que você fez isso comigo?
(todo o meu corpo

dói)
Eu vou te odiar para sempre.

                              27 de nov. 21:03
Hoje Ana me ligou para contar que vão doar todas as tuas coisas como tática emergencial de diminuição da dor.

Não entendi.

Mas, entendo que a dor ocupa lugares distintos nos mundos de cada pessoa. Eu, por exemplo, teria o corpo dilacerado ao não poder mais te frequentar nas roupas que ficaram, neste correio eletrônico, nas fotos, nos caminhos, no subjetivo palpável.

Enfim, levei

os livros do Neruda,

a escova de dentes usada que guarda o gosto da tua língua,

a camisa que te dei no dia dos teus 29 anos,

as meias azuis.

Fico pensando em todos os objetos que embalaram teu corpo esguio, que tocaram teus braços e pernas compridos, que protegeram teus enormes olhos pretos. Penso na possibilidade de existência de células vivas, fios de cabelo, partículas de tecido, saliva, suor, fluidos - um pouquinho do que era teu e ficou para que eu pudesse guardar em mim.

Tua falta só aumenta.

L.

4 de dez. 9:00
Causa mortis: asfixia - foi o que disseram os legistas.

Não cabia dentro do próprio corpo.

(eu diria)

10 de dez. 17:00
Gaspar,

meu amor.

Jamais seria possível te olhar nos olhos para transmitir esta mensagem, então recorro a este espaço, em vez de te visitar com flores e saudades - elas ainda existem e não imagino que algum dia irão passar.

Aliás, adianto: a minha decisão não se trata de falta de amor, mas excesso dele. Eu te amei,

eu te amo.

E, meu bem, é preciso manter vivo em mim o amor, apenas ele.

Sendo assim, dou por acabado, querido, aquele e este nosso namoro. O que foi consumado bonito, alegre e também muito

(muito triste)

em vida - porque o amor, Gaspar, ele sabe ser triste.

E acabo, principalmente, o namoro que durou todos os dias infinitos que seguem a tua morte.

Encerro:

Teus cílios lentos acariciando o meu rosto

O cheiro do teu cabelo, da tua pele, do teu hálito

As tardes quentes em que eu te lambia o corpo inteiro

Aquele show da Luiza Lian

Azul moderno

O jogo de amarelinha em frente ao colégio

Tua curiosidade sobre os mapas

Teus braços, tuas mãos, teus dedos

Teu adeus de dentro da cabine

O telefonema de Ana

A cor da tua pele sem vida

A espera na entrada das festas onde nunca chegarás

A obsessão por telefonemas, os teus

A espera.

Encerro, Gaspar, a nossa história e só o faço porque sei que sabes: no final do amor também está o amor.

"Me perdoe pelas palavras cruéis
Deu um vazio
Sonhar com a minha vida e não imaginar
Suas comparações surreais
Entre as estrelas em volta de Andrômeda
E o meu manto azul moderno"

Com amor e pela última vez,
         Laura

2 de jan. 5:00

[mensagens lidas]

2 de jan. 10:00

Gaspar?

2 de jan. 10:01

[não é possível enviar mensagens para este perfil, pois ele foi desativado]

Primavera
MÁRIO RODRIGUES

―

"*A vida inteira que podia ter sido e que não foi.*"
Manuel Bandeira

*Agreste, manhã de primavera,
aos 8 dias de outubro de 2021*

Meu amor, morreste!
 Aqui, diante de teu corpo nu e jovem, estou eu.
 Eras tão menino... prometias tanto. Mas não poderei te dizer que a morte foi uma surpresa ou um imprevisto. Tua morte veio como a noite, como as grandes nódoas da noite. Daqui, acompanhei tuas agonias, angústias, escaras, estertores.
 Nunca foi algo indiferente, nunca foi algo pacífico – sofri íntima e intensamente com os reveses que enfrentaste. A cada convalescença, porém, me enchias de esperança; só para depois mergulhares na depressão das recaídas.
 Gosto de acreditar que em alguns momentos lutaste – indo ao paroxismo de tuas forças físicas e ancestrais. Gosto de acreditar que não te entregaste à dor, como se fora um destino; à derrota, como se fora um fado; ao fim como se fora o objetivo mesmo a ser atingido.
 Gosto de acreditar em ti – que não foste covarde ou ingrato. Gosto de acreditar que alimentaste a esperança de que até o último instante irias dar a volta por cima, sacudirias a poeira. Mas não sei se creio realmente nisso...

•

A primeira memória que tenho de ti: eu estava na quinta série. Era aula de geografia. Lembro disso porque havia um mapa enorme desenrolado pela professora. Então, entraste na sala. Tinhas um jeito grande, e assanhado. Imponente, e torto. Familiar, e ainda tão desconhecido.

Eras o *unheimlich* do qual fala o doutor Freud. Eu devia ter entendido naquele instante que nossa relação seria sempre complexa e cheia de complexos. Um amor aperreado que nascia já se afastando, se decepcionando e se esperançando. Assustado e encorajado. Lodo e luz. Júbilo e trevas – éramos, sempre seríamos, nós dois.

Chegou o recreio e as crianças correram para a quadra naquela algazarra feroz de quinta série. Quando se multiplicavam professores e provas. Tarefas e exercícios. Descobertas e decepções.

Não fui à quadra poliesportiva durante o intervalo, parei no pátio interno. Abri minha lancheira ali mesmo. Fiquei te olhando de longe – até hoje recordo de todas as formas, curvas e linhas em ti. Depois saí do lugar, tua imagem nunca sairia de mim.

Passei a te acompanhar e a te analisar. Queria tanto te compreender em todas as tuas minudências e totalidades: e tu caminhavas desmantelado, às vezes até caías. Mas te levantavas. Eu via com interesse todo o roteiro.

Eras um tanto sozinho. Ao teu redor, parecia que todos falavam outras línguas; parecidas, porém alienígenas. Havia a impressão de que todos os teus vizinhos tinham algo em comum. Sei lá, antepassados que os uniam.

Tu não. Eras alheio, quase como se, para eles, tivesses virado as costas. E como vingança eu também, durante muito tempo, para eles virei as minhas costas. Tu, somente tu, eras meu mundo.

•

Enfim, te conheci melhor, apesar de tua timidez, de tua quase insignificância. Conheci teu íntimo, teu interior. Era o que tinhas de melhor: tua natureza. Tuas verdadeiras índoles. Como aquele grandalhão poderia ser tão simples, engraçado, musical, profundo – maravilhoso, por que não?

Mas eram sempre lampejos. Depois a realidade mais fria assomava. E tentavam te harmonizar a padrões exportados, artificiais. Ignoravam e feriam, estuprando, tua natureza – aquela que já disse ser maravilhosa. De certa forma, te matavam, paulatinos. E tu, tu permitias.

Eu acreditava, porém, que um dia tuas forças cambitas seriam independentes – que canalizarias todas as tuas potencialidades para os teus, que serias imenso. Que serias maior do que aqueles que te ameaçavam e te alijavam. Que serias altivo o suficiente para em algum momento dizer não, basta, chega. "Serei eu mesmo!"

Darias vazão a tudo que eras e poderias ser. Aceitarias tua identidade mestiça, plural. Eu esperava que tu te guiarias a ti mesmo pelos dias, meses, décadas, finalmente fazendo justiça ao sujeito grande que sempre foste.

Um dia (lembras?) te encarei de frente. Estávamos a sós. Como um narciso, te olhei face a face. Como um narciso mergulhei em ti. Me entreguei a ti. Fui até os teus finais. Traspassei os teus inícios. Com minha arte, eu te investiguei.

Reconheci teus traços. Os sulcos do teu rosto. Eu vi neles os desenhos em ti. Vi tua mãe indígena, tua matriz tão materna; vi teu pai, tão português e truculento, falsamente piedoso. Mas vi também tua ginga, teu axé e teu banzo – que viriam depois.

Foste tudo isso. E, como aquele milagre musical – The Beatles – e como aquele milagre humorístico – Os Trapalhões –, tinhas nessas tuas partes o prodígio de a soma delas ser bem maior do que as partes apenas existentes e avulsas.

Mas não somente eu te olhava. Muitos outros também te observavam. De longe, fascinados. Curiosos para o que se passava por ti. Com o tempo, passaste a angariar admirações. Acima de tudo, simpatia.

Parecia mesmo que conseguirias o sonho da unanimidade – todos, de certa forma, se reconheciam em ti. Todos viam em ti as possibilidades. Todas as tuas belezas. Como uma espécie de segundo time, eras o afeto.

(Haveria, é claro, um momento em que alguns te observariam com receio e, talvez, inveja. Estavas, afinal, mesmo com as dores do retardo, crescendo: bonito, adulto.)

Pensei, afinal, que as mesadas recebidas e as heranças disponíveis iriam se refletir em lucro. Eu lembro exatamente o momento em que tu, o grandão desenxabido, pareceste mesmo te firmares nas próprias pernas. Dares longos passos largos e seguros, focando o destino para o qual te havias preparado desde há tempos.

Mais do que amor, tive orgulho de ti.

•

Contudo, como disse, isso gerou desconforto. Sabotagens de toda ordem. Conluios, golpes. Tentei te ajudar, é claro. Tentei te avisar, é óbvio. Quase gritei. Tentei te sacudir. Alertar.

Fiz anamnese. Tracei diagnóstico. Falei dos sintomas. Sugeri possíveis tratamentos: alopáticos, homeopáticos. Mapeei as fases da doença. Mas não ouviste. Não ouviste aqueles que te amavam. Estavas mouco.

Era o começo da tua doença fatal. Mais do que todas as outras anteriores, para esta não haveria cura. Agora, sei...

Repito, não foi surpresa. Mas foi muito triste presenciar tua morte em pequenas injeções.

Vejo cada êmbolo sendo lentamente empurrado pelos tubos das seringas. Injetam, metódicos, cada dosagem de ódio, inveja, preconceito, racismo, sexismo, homofobia, misoginia.

Conheço, por nome, cada mão que te administrou esses antifármacos. Conheço cada sujeito que transformou as tuas breves hemostasias em nova hemorragia perpétua e não mais estancável. Conheço cada um que olhou para o canto – acovardado, em abstenção.

Teu amado corpo já não te levará mais para parte alguma. Teu amado corpo que foi o relicário para teus talentos. Teu amado corpo, o maior dos teus paradoxos.

Tão troncho eras em vários âmbitos. Tão aleatório eras em tuas andanças. Mas teu corpo era prenhe de talentos.

Principalmente, lembro, no esporte-rei.

O futebol. Como jogavas bem. Como sabias improvisar. Como criavas novidades. Como, na verdade, inventaste de fato esse jogo ou um modo inédito de jogá-lo. Levando-o ao auge.

Sempre acreditei que conseguirias levar essa ascensão no esporte (que era uma lição para todo o mundo) aos outros aspectos de tua existência. Errei.

Ainda sobre teu maior paradoxo, teu corpo. Havia a capacidade da dança, das várias – forrozavas, sambavas, dançavas a catira, o frevo, o coco, o carimbó.

Tuas danças, com teus ritmos, teus movimentos, tuas caras de gozo, teus suores, tuas cantigas, tuas melopeias... tudo amalgamado espantando para o esgoto a mediocridade daqueles que te queriam igual, anódino e de isopor.

Teu amado corpo agora inerte para sempre.

•

Neste momento derradeiro, não quero edulcorar nossa relação. Houve faíscas, por certo, entre nós. Encontrões em diversas oportunidades. Mudos, nós dois. Recordo como, arretados, brigamos.

Tinhas atitudes com as quais eu não concordava. Como trataste tua herança, literalmente torrando tudo. Como fingiste ser o que não eras, tentando camuflar tuas origens. Como sonegaste os teus, sobretudo quando precisaram de ti.

Voltavas, porém, mais belo. Embelezado pela esperança. Sempre disposto a prometer que, no futuro, não cometerias os mesmos lapsos. Agirias com maior sabedoria, equânime, compensatório. Serias justo.

Não!

Não houve tempo para reciclagens. Não houve oportunidade de revisitar o passado. Não houve felicidade em ti em momento algum, apenas lampejos insanos de uma alegria teatral. Teus despojos foram saqueados. Tua casa não faz mais jus. Estás solitário.

Não deixas filhos, mas deixas órfãos. Lábios de feridas que nunca foram suturadas. Cicatrizes que nunca explicaste – sequer a ti mesmo. Traumas que nunca foram engessados. Tudo resumido num grande pus mortal, esverdeado.

A doença que não trataste te dominou e te levou o que havia de sadio. A própria existência se esvaiu. Hoje, contemplo teu corpo. Devassado e vilipendiado.

Não há lágrimas nem gritos nem lástimas. Somente a visão inequívoca de que (como absolutamente tudo) és pó, ao pó voltarás.

E que tuas pequenas partes – ora fragmentadas, ora espalhadas, ora metamorfoseadas – encontrem, algum dia, alguma razão em si mesmas, que sejam nutrições, que sejam lembranças, que sejam inspirações.

Aqui, diante de teu corpo nu e jovem, estou eu.

Morreste, Brasil, meu amor!

Estrela da Vó Guida, s/nº

MARCELO MOUTINHO

Oi, Vó Guida
Tudo bem?
Pedi para o Pípi escrever essa carta porque ainda não sei escrever direito. Quer dizer, já sei escrever meu nome, que é o L, depois o I, depois o A, e também já sei fazer o nome da Mila, que tem as mesmas letras mais o M, igual ao do Pípi. Você conheceu a Mila, né? É a nossa gatinha. Acho que conheceu, sim. Ela continua fofa, mas preguiçosa, só quer dormir.

O Pípi é o papai, tá? Esse foi o apelido que dei pra ele. A Mími é a mamãe e a Vóvi, minha outra avó. Acho mais legal assim, porque papai é o de todo mundo, Pípi é só o meu.

Nem sei se esta carta vai chegar na sua casa. As estrelas ficam muito longe daqui e não sei em qual delas você mora. Acho que as estrelas deviam ter o nome das pessoas que vivem nelas, porque assim ficaria mais fácil. Mas precisava ser o nome todo, pra não confundir. Porque tem outras pessoas com o nosso nome.

Às vezes, eu olho pro céu e pergunto ao Pípi onde você está agora. Ele já me apontou algumas estrelas diferentes, então acho que também não sabe. Mas uma coisa que ele sabe, e me mostrou na internet, é que existem quatrocentos bilhões de estrelas no universo. Eu achava que eram só umas mil.

Como a gente não tem o endereço certinho, pedi pro Pípi escrever "Estrela da Vó Guida" no envelope.

Mando a carta porque quando você morreu eu tinha só dois anos. Agora eu tenho seis, já vou fazer sete. Queria te contar das coisas que aconteceram, das coisas que eu gosto, das coisas que eu odeio, como é na escola, como são meus amigos. Queria saber também como é isso de morar numa estrela. E contar uma ideia que eu tive.

Bom, eu gosto de:

• Viajar pra Búzios
• Cocô-de-rato
• Gatocórnios
• Pula-pula
• Luccas Neto
• Glitter
• Tablet
• Morango
• Maquiagem
• Desenhar
• Bolinho Ana Maria
• Piscina

Tem mais coisa, mas preciso falar também do que eu não gosto:

• Acordar cedo
• Purê de batata
• Banho gelado
• Enjoar no carro
• Que riam de mim
• Água com bolinhas
• Pentear o cabelo
• Ficar no escuro
• Dormir cedo
• Coronavírus
• Ovo

Na semana passada, eu fui no aniversário da Antônia. Ela é a minha melhor amiga da escola. Também sou amiga do Gui, da Maya, da Rosinha, da Nina, da Alice. Na verdade, são duas Alices, a do colégio e a da creche, que é minha irmã de coração e eu conheço desde que eu era um bebê. Ah, não sou mais bebê, tá? Quando me chamam de bebê, respondo que sou menina grande. Não pode me chamar de bebê se eu não sou bebê. Eu odeio isso. Fico brava.

A escola é muito legal. A gente brinca de manhã, depois almoça, depois tem aula de circo, de inglês e de yoga. E tem lanche, mas vai de casa, na merendeira. O Pípi bota

Toddynho, fruta, suco, clube-social, às vezes cenourinha. Ano que vem a escola vai ser a mesma, mas em outro lugar. Aí vou aprender a ler e a fazer conta, se bem que eu já sei um pouco. Sabe quanto é dois mais dois? Quatro. E cinco mais cinco? Dez. Eu consigo contar até cem.

O que mais posso falar? Ah! Da minha casa. Eu tenho duas. A do Pípi e a da Mími. É bom porque assim eu tenho também dois quartos, um em cada casa. Antigamente o Pípi era casado com a Mími. Eles se separaram, não sei se você sabe. Eu não lembro bem de quando eles moravam juntos, mas vi nas fotos do celular. Tem uma comigo, ainda sem cabelo nenhum, no seu colo. Eu não sabia andar. É uma foto tão fofa. Aquele sofá bege onde a gente estava sentada não existe mais, não. O Pípi trocou, agora é um azul.

Eu não gosto quando ele troca as coisas. Preferia o carro velho, o sofá velho. Quando o Pípi tirou o lustre da sala até chorei um pouco, porque queria guardar e ele não deixou. Eu falei que ia botar no meu quarto, que cabia lá, dentro do armário, mas ele deu o lustre pra um moço que a gente nem conhece. Não entendo por que as coisas têm sempre que ir embora.

Até a Catarina, gata da Mími, foi embora. Ela ficou doente, bem magrinha, parou de comer direito, até que um dia morreu.

Vó Guida, como é morrer?

Fiquei muito triste porque a Catarina era, junto da Mila, a minha gata preferida. Mas não precisa ficar triste, não. Ela agora também deve morar numa estrela.

Você por acaso viu a Catarina por aí? Pode mandar um beijo?

O Pípi pediu pra te contar que agora sou sócia do Nense. Tenho até uma carteira, com a minha foto. Ele me disse que você também é Nense. Acho que foi por isso que me deu aquela camisa grandona. Ainda não cabe, só quando eu crescer mais. Já vi o Pípi jogando no Nense com uma camisa igual, lá no Clube dos Macacos. Ele está me dizendo aqui que não jogou no Nense, não, que jogo de amigos é diferente de jogo de jogador mesmo, aquele que passa na televisão. Sei lá.

Foi ele que me falou todas essas coisas, mas o que eu queria mesmo era que você tivesse me falado. Isso de torcer pro Nense, de gostar de praia e de camarão, de usar roupa com brilho, de pintar o cabelo de vermelho. Porque quando você me conheceu eu nem falava, né? Não dava para a gente conversar. E gosto de falar. O Pípi sempre me pergunta se eu engoli um rádio.

Você não devia ter morrido porque eu queria ter as duas avós. Aí eu ia colocar um apelido em você também. Só não sei qual.

Um dia o Pípi perguntou "Você ama a Vó Guida?" e eu fiquei confusa. Eu não sei se te amo. Amo o Pípi, amo a Mími, amo a Vóvi. Amo as gatinhas Mila e Sofia também. E o Tobias, que eu peguei pequenininho pra criar. Mas você, eu não sei dizer. Aí o Pípi me perguntou se eu sei o que significa amar.

Eu respondi que é tipo quando uma pessoa gosta muito muito muito da outra. Sem se apaixonar, porque aí vira namorado. Pensando bem, eu acho que eu te amo, sim. Porque você brincava comigo quando eu era bebê, me pegava no colo, me deu minha primeira boneca, essas coisas. E você é a mãe do Pípi, né?

Outro dia falei uma coisa que ouvi num desenho que eu gosto de ver no YouTube Kids e ele riu à beça. Fiquei com raiva, mas tudo bem. O personagem do desenho gosta de repetir: "Isso não é justo!"

Então.

Não é justo você ter morrido quando eu tinha dois anos, Vó Guida.

E foi por isso que tive a minha ideia, aquela que comentei lá no começo da carta. Não precisa ficar ansiosa que eu já conto.

Eu vou construir um foguete. Vai ser de metal e tijolo, com fogo na ponta, pra pegar velocidade máxima. Com esse foguete, vou visitar todas as pessoas que morreram. As gatas também. Aí eu vou poder saber como você é fora das fotos, vou poder mostrar como agora eu sei desenhar melhor, não falo mais tevelisão nem descalga.

E você vai ver que caíram dois dentes meus e tem um mole, na parte de cima. Pedi ao Pípi pra comer maçã e ver se cai logo, mas ele não deixou. Quando os dentes caem, quer dizer que a gente está crescendo, então eu já cresci duas vezes e ainda vou crescer muito até virar adulta. Aí não vou crescer mais, vou só ficar mais velha. Tem gente que até diminui de tamanho quando fica mais velha. Você continua fazendo aniversário aí no céu?

Eu queria era virar adulta logo. Adulto escolhe quando vai dormir, quando vai almoçar, se vai comer doce ou salgado, se nem vai comer. Criança tem que perguntar tudo. A única coisa chata do adulto é ter que trabalhar. O Pípi e a Mími são jornalistas. Mas eu vou ser veterinária, que nem o Tio Flávio. Veterinária e médica. Quero cuidar dos bichos e das pessoas, de todo mundo. Pra curar as doenças, dar remédio, mas sem injeção. Eu detesto injeção.

Sei que você não morreu por causa de doença. Que foi um ônibus malvado.

Tem ônibus dentro das estrelas, Vó Guida?

Acho que não. Só foguete, né? Ônibus não voa.

Casa eu acho que tem.

O meu foguete vai ser da cor do arco-íris. Eu pedi ao Pípi para ir comigo quando estiver tudo pronto, porque tenho medo de viajar sozinha e ainda não sei dirigir. Tomara que não enjoe no caminho. Se eu ficar vendo tablet na viagem, eu vomito. É horrível vomitar, dá um gosto ruim na boca que nem a água consegue tirar.

Talvez ainda demore um pouco até que ele fique pronto. Não é nada fácil construir um foguete. Enquanto isso, você bem que podia fazer um sinal aí de cima quando perceber que estou tentando encontrar a estrela em que você mora. Sei que não vai dar para ouvir se a gente tentar se falar, minha casa é aqui na Terra, muito longe. Eu já consigo entender essas coisas. Mas ia ser bom saber que é exatamente aquela a estrela da minha Vó Guida que já morreu. Só para eu olhar pra ela de vez em quando. Promete que vai tentar?

                            Um beijo da sua neta
                                         Lia

Oi, Tu
NATALIA BORGES POLESSO

Oi, tu.

Eu vim aqui neste papel dizer uma coisa que queria ter dito antes, num dia de sol e praia, num dia de inquietude. Pois deixa essas palavras atravessarem o tempo, deixa o pó atravessar o chão, os cabelos, deixa a água passar. Na real, abre bem os dedos e deixa tudo passar. Essa água toda, não tenta segurar que isso vai ser pior. Só deixa atravessar o corpo e deixa o tempo resolver o trajeto. Eu sei que a corrente pode te arrastar um pouco se não tiver equilíbrio, minimamente, por isso tem que deixar passar. Ter certa flexibilidade. E paciência. Não tem outro jeito. Depois, mas bem depois quando tudo isso for passado, quando não puder mais reconhecer o trajeto nem o gosto, quando puder amolecer um pouco os músculos, aí pensa em se mover. Aí pensa talvez em escrever um carta, como eu. Mansa. Não é paralisia, a espera, digo. É esperteza. Se nos abraçarmos agora, vamos nos afogar, entende? Porque perderíamos a atenção ao que é verdadeiramente importante. Entende? O equilíbrio agora é tudo. E a vadiagem do corpo. Depois tu te mexe e eu me mexo, nos mexemos, ainda que distantes. A mágica é simples: suspender os pés, dobrar os joelhos. Devagar, meu bem, como sempre encaramos a vida. Deitar as costas no sal do mar. Sairemos dessa inércia, que é necessária. Sem pressa, sem pensar que perdemos tempo que há qualquer coisa a se recuperar, não há. Boia.

Agora eu não preciso me preocupar em entender ou sentir nada, nem frio nem calor nem dor nem medo nem presença, não dá para pensar em sentir. Digo, só se for para confirmar a tensão muscular nas coxas e panturrilhas, na base da lombar e subindo pelas costas até em cima, na nuca, nos dentes, que devem estar cerrados. Isso sim é algo que precisa ser considerado. Relaxe o palato e tudo o mais se amolece. Menos o abdômen. O abdômen também pode servir. É bom tê-lo teso, caso aconteça algum golpe inesperado.

Agora lembra, lembra daquela vez que passei meus braços pela tua cintura quando estávamos no mar? Estava tudo calmo, mas veio um volume maior de água, numa onda que nem quebrou, só cresceu para cima da gente, engrossou nosso espaço de estar e me conduziu levemente para perto de ti, tentei desviar, mas, naquele momento, minha cabeça foi tomada por todos os perigos oferecidos ali, como tubarões, o lixo dos oceanos todo sendo despejado sobre nós, as marés hipnotizantes, o sal nos nossos rins, uma prancha desgovernada, uma bola perdida, uma velha que perde os dentes, o amor incontido. Tu ficou paralisada. Foi a bola. Tu assistiu à trajetória da esfera plástica – magníficas cores, um micro universo azul com estrelas coloridas – aterrissar na minha cabeça. Impacto, cabelo branco, negro buraco furo. Ricocheteou antes que eu pudesse me mover ao teu redor, antes que eu pudesse dar atenção à graça. Tu riu. A moça ao lado riu sem jeito, e as crianças fingiram que a bola não era delas, que a bola atingir uma velha na cabeça não tinha sido culpa de ninguém, que a bola era na verdade um elemento marinho, um ridículo perigo a se passar, uma provação. Eu, que nunca fui de mar nem de ressentimento, contraí minha boca, minha testa, espremi os olhos, mas não senti nada. Era pura leveza. E nessa hora tu disse pra mim: deixa atravessar. E quando veio o novo volume d'água, desta vez, decidido a quebrar em algum momento, mesmo que indeciso ali bem diante de nossos corpos, quando veio esse volume eu abri os dedos e o peito, enquanto tu girava o meu corpo, como se nada pesasse. Fechei os olhos e imaginei meu corpo peneira, teu corpo peneira e a água passando dentro. As gotas atravessando a pele, a carne toda, atravessando o riso, os dentes, a falta dos dentes, molhando os cabelos, os pelos, aguando o sangue. Tu empurrando minhas costas levemente, como quem diz, vai, vive um pouco. E foi. Quebrou depois. Bem em cima das crianças, que emergiram com risos tosses arrotos e inspirações. Quebrou no tempo certo e deu a mim aquele pequeno voo. Tu inclinou a cabeça como que satisfeita de um dever cumprido. E mergulhou. Fiquei esperando a tua volta, os cabelos molhados ressurgirem, a boca semiaberta, mãos retirando o excesso da água. Nada. Nada para longe. Eu ali aguada, nova. Tu desaparecendo na arrebentação. Brava. Me sorriu uma coragem e eu nunca mais esqueci do teu rosto.

Depois nos despedimos. Agora lembro, tu lembra? Foi a última vez que nos vimos. Escrevo agora para pedir um pouco daquela leveza densa, elevatória. Não peço resposta alguma, seria descabido, escrevo para que eu mesma crie coragem e vá procurar onde aguar novamente. Mas se quiser mandar alguma palavra, que seja mar.

Saudades.
Um beijo.

Sobre os autores

Ana Pessoa nasceu em Lisboa, em 1982. É autora de livros infanto-juvenis, que contam com ilustrações de Bernardo P. Carvalho, Madalena Matoso e Yara Kono. Os seus livros estão publicados no Brasil, México, Canadá, Colômbia, Sérvia, Chile, Holanda e em Portugal. Mereceram distinções por instituições como a Amadora BD (Portugal), a FNLIJ (Brasil), o Banco del Libro (Venezuela), a Fundación Cuatrogatos (EUA), a Biblioteca internacional de Munique (Alemanha), entre outras. Em 2021 estreou na poesia com *Fósforo* (Flan de Tal), um longo poema sobre maternidade. Publica regularmente na blogosfera: www.belgavista.blogspot.com

Bruno Ribeiro nasceu em Pouso Alegre/MG, em 1989, e é radicado em Campina Grande/PB. Escritor, tradutor e roteirista. Autor do livro de contos *Arranhando Paredes*, traduzido para o espanhol pela editora argentina Outsider, e dos livros *Febre de Enxofre*, *Glitter*, *Bartolomeu*, *Como usar um pesadelo* e *Porco de Raça*. Mestre em Escrita Criativa pela Universidad Nacional de Tres de Febrero (UNTREF), venceu o Prêmio Todavia de Não Ficção com um projeto de livro-reportagem e os Prêmios Machado Darkside e Brasil em Prosa.

Clotilde Tavares é natural de Campina Grande/PB e radicada em Natal/RN. É escritora, dramaturga, atriz, professora de teatro e pesquisadora em cultura popular. Já publicou mais de 30 títulos entre peças teatrais, livros e folhetos de cordel. Administra grupos de discussão e clubes de leitura, e está presente nas redes sociais com blogs, canais, podcasts e vídeos. http://linktr.ee/ClotildeTavares

Cristiane Sobral é carioca e vive em Brasília. Multiartista, é escritora, atriz e professora de teatro. Bacharel e Licenciada em Interpretação e Mestre em Artes (UnB). Publicou em diversas antologias nacionais e internacionais. Já palestrou e ministrou oficinas em Angola, Guiné-Bissau, Moçambique, África do Sul, Colômbia e Equador. Tem 10 livros publicados, o mais recente *Amar antes que amanheça*, contos, ed. Malê, RJ. Dirigiu o grupo de teatro Cabeça Feita por 17 anos. Em 2019 palestrou sobre literatura negra em 09 universidades estadunidenses, inclusive Harvard. Nesse mesmo ano, foi jurada do Prêmio Jabuti, categoria de contos.

Edney Silvestre é escritor, jornalista e dramaturgo, autor de 7 livros de ficção e 3 de reportagens. Ganhou os Prêmio Jabuti 2010 e São Paulo de Literatura pelo romance *Se eu fechar os olhos agora*, adaptado para minissérie da Globoplay. Seus romances mais recentes são de 2021: *Amores Improváveis* e a nova versão, totalmente reescrita, de *Vidas provisórias*.

Jacques Fux é escritor, matemático, mestre em Computação, doutor em Literatura. Foi pesquisador em Harvard. Autor de *Literatura e Matemática*, Prêmio Capes; *Antiterapias*, Vencedor do Prêmio São Paulo; *Brochadas*, Prêmio Cidade de Belo Horizonte; *Meshugá*, Prêmio Manaus; *Nobel*; *Georges Perec: a psicanálise nos jogos e no trauma de uma criança de Guerra*; *O Enigma do Infinito*, finalista do Jabuti e Selo Altamente Recomendável FNLIJ; *Ménage Literário* e *Um labirinto labiríntico*, Prêmio Paraná. Seus livros foram publicados na Itália, México, Peru e Israel.

Jessé Andarilho é cria de Antares, favela da Zona Oeste do Rio Janeiro/RJ, sua principal referência de vida e de escritor. É autor dos romances *Fiel* (Objetiva), *Efetivo Variável* (Alfaguara) e do infantil *Super Protetores* (Leia para Uma Criança - Itaú). Em 2020 escreveu para o "Diários do isolamento", parte do projeto Leia em Casa da editora Companhia das Letras. Teve sua história narrada na coleção Cabeças da Periferia com o livro *A escrita, a cultura e o território* (Cobogó).

João Anzanello Carrascoza é escritor e professor da Escola de Comunicações e Artes da USP, onde fez mestrado e doutorado, e da ESPM-SP. Publicou os romances *Aos 7 e aos 40*, *Trilogia do Adeus* e *Elegia do irmão*, e várias coletâneas de contos, entre as quais *O volume do silêncio* e *Catálogo de perdas*. Suas histórias foram traduzidas para o bengali, croata, espanhol, francês, inglês, italiano, sueco e tamil. Recebeu os prêmios nacionais Jabuti, FNLIJ, Fundação Biblioteca Nacional, APCA, PUC-Cátedra Unesco, e os internacionais Radio France e White Ravens.

Henrique Rodrigues nasceu no subúrbio do Rio de Janeiro/RJ, em 1975. Publicou 20 livros, entre poesia, crônica, romance, infantil e juvenil, tendo sido finalista do Prêmio Jabuti por *Rua do Escritor: crônicas sobre leitura* (Malê). Seu romance *O próximo da fila* (Record) foi adotado em escolas de todo o país e publicado na França. Já palestrou em espaços culturais no Reino Unido, França, Portugal, Espanha e Bélgica, onde coordenou a residência artística Cine Luso, em 2019. É colunista do portal PublishNews, onde escreve sobre a vida literária. www.henriquerodrigues.net

Luiza Mussnich nasceu no Rio de Janeiro/RJ, em 1991. É jornalista e mestranda em Literatura, Cultura e Contemporaneidade pela PUC-Rio. É autora dos livros de poesia *Tudo coisa da nossa cabeça*, *Lágrimas não caem no espaço*, *Para quando faltarem palavras* e *Microscópio*, todos publicados pela Editora 7letras; e do conto "Pêndulo", lançado pela Amazon Brasil. Pensa e escreve sobre literatura e artes plásticas. Mais sobre a autora em luizamussnich.com

Marcela Dantés nasceu em Belo Horizonte/MG, em 1986. Formada em Comunicação Social pela UFMG e pós-graduada em Processos Criativos pela PUC-Minas. Lançou em 2016 a coletânea de contos intitulada *Sobre pessoas normais* (Editora Patuá) e no mesmo ano, a convite do autor José Eduardo Agualusa, foi escritora residente do FOLIO - Festival Literário Internacional de Óbidos. O livro foi semifinalista do Prêmio Oceanos 2017. Seu primeiro romance, *Nem sinal de asas* (Editora Patuá), foi finalista do prêmio São Paulo de Literatura 2021 na categoria Melhor Romance de Estreia e do prêmio Jabuti 2021, na categoria melhor Romance Literário. Em 2022 lança *João Maria Matilde*, pela Editora Autêntica.

Marcelo Moutinho nasceu no Rio de Janeiro/RJ, em 1972. É autor dos livros *A lua na caixa d'água* (Malê, 2021), *Rua de dentro* (Record, 2020) e *Na dobra do dia* (Rocco, 2015), entre outros. Com *Ferrugem*, lançado pela Record, conquistou o Prêmio Clarice Lispector da Fundação Biblioteca Nacional (melhor livro de contos de 2017). Publicou também os infantis *Mila, a gata preta* (Oficina Raquel, 2022) e *A menina que perdeu as cores* (Pallas, 2015). Organizou várias antologias, entre elas *Contos de Axé – 18 histórias inspiradas nos arquétipos dos orixás* (Malê, 2021).

Mário Rodrigues é contista e romancista. Graduado em Letras, tem especialização em Língua Portuguesa (UPE). Em 2016, venceu o Prêmio Sesc de Literatura na categoria Contos com o livro *Receita para se fazer um monstro* (Record), obra que também seria finalista do Prêmio Jabuti em 2017. Além de vários eventos nacionais – como a FLIP, Flipoços, Jornada de Passo Fundo, Fórum das Letras –, em 2017, participou do Salão do Livro de Paris e da Primavera Literária (Paris-Sorbonne, França) na condição de palestrante. Em 2018, lançou o romance *A cobrança* (Ed. Record).

Mateus Baldi é escritor e jornalista. Mestrando em Letras (PUC-Rio), criou a Resenha de Bolso, voltada para a crítica de literatura contemporânea. Colabora com alguns dos principais veículos do país e foi organizador das 3 edições literárias da revista Época, da qual foi colunista. Em 2022, lançou *Formigas no paraíso* (Faria e Silva), seu primeiro livro.

Natalia Borges Polesso é doutora em literatura, escritora e tradutora. Publicou *Recortes para álbum de fotografia sem gente* (2013) prêmio Açorianos; *Amora* (2015), prêmio Jabuti e Açorianos; *Controle* (2019), prêmio AGEs e Vivita Cartier e finalista do Prêmio São Paulo de Literatura; *Corpos Secos* (2020), prêmio Jabuti de romance de entretenimento, e *A extinção das abelhas* (2021). Em 2017, a autora foi selecionada para a lista Bogotá39. Natalia tem seu trabalho traduzido em diversos países, tais como Argentina, Espanha e Estados Unidos.

Natalia Timerman nasceu em 1981 em São Paulo/SP, onde vive. Cursou Medicina e fez residência em Psiquiatria na UNIFESP, seguiu para o mestrado em Psicologia na USP, onde agora cursa o doutorado em Teoria Literária e Literatura Comparada. É autora de *Desterros - histórias de um hospital prisão* (Elefante, 2017), acerca de seu trabalho de oito anos num hospital penitenciário, da coletânea de contos *Rachaduras* (Quelônio, 2019), que ficou entre os dez finalistas do prêmio Jabuti, e do romance *Copo Vazio* (Todavia, 2021).

Olívia Nicoletti nasceu em Novo Horizonte, interior de São Paulo, em 1991. Estudou jornalismo na Faculdade Cásper Líbero e pintura contemporânea na Academia de Belas Artes de Firenze. Trabalhou como repórter e editora nas revistas Vogue e Marie Claire. Em 2021 publicou *Endereço*, pela Editora Patuá, seu primeiro livro de prosa poética.

Paula Gicovate é escritora e roteirista para cinema e TV. Já escreveu roteiros de programas como Esquenta para a Globo, Homens são de Marte para o GNT, e Pode Chegar, com Ivete Sangalo para HBO Max. Lançou em 2014 *Este é um Livro Sobre Amor*, seu terceiro livro e primeiro romance pela Editora Guarda-Chuva, que foi traduzido e publicado na Espanha em 2016. Antes vieram as coletâneas de contos *Sobre o Tudo que Transborda* (Multifoco, 2009) e *D4* (Multifoco, 2009). Fez diversos cursos de roteiro, em 2015 foi selecionada para uma residência de escrita criativa em Barcelona, participou de Bienais, em 2017 foi uma das autoras brasileiras convidadas a participar da Feira Internacional do Livro de Guadalajara/MX e em 2021 lançou o romance *Notas Sobre a Impermanência* (Faria e Silva).

Renata Belmonte nasceu em Salvador/BA e é autora de quatro livros: *Mundos de uma noite só* (Finalista do Prêmio São Paulo de Literatura de 2021 e Semifinalista do Prêmio Oceanos de 2021), *Femininamente* (Prêmio Braskem de Literatura, 2003), *O que não pode ser* (Prêmio Arte e Cultura Banco Capital, 2006) e *Vestígios da Senhorita B* (P55, 2009). Doutora em Direito pela USP e Mestre pela Fundação Getúlio Vargas, também atua como advogada.

Taylane Cruz é uma escritora sergipana. Formada em jornalismo pela Universidade Federal de Sergipe. Autora dos livros *Aula de dança e outros contos* (Infographics, 2015), *A pele das coisas* (Multifoco, 2018), *O sol dos dias* (Penalux, 2020) e *Para a hora do coração na mão* (Penalux, 2021). Tem diversos contos publicados em antologias, sites literários e revistas como Época e Palavra. Membro da Academia de Letras de Aracaju e cronista na revista Rubem.

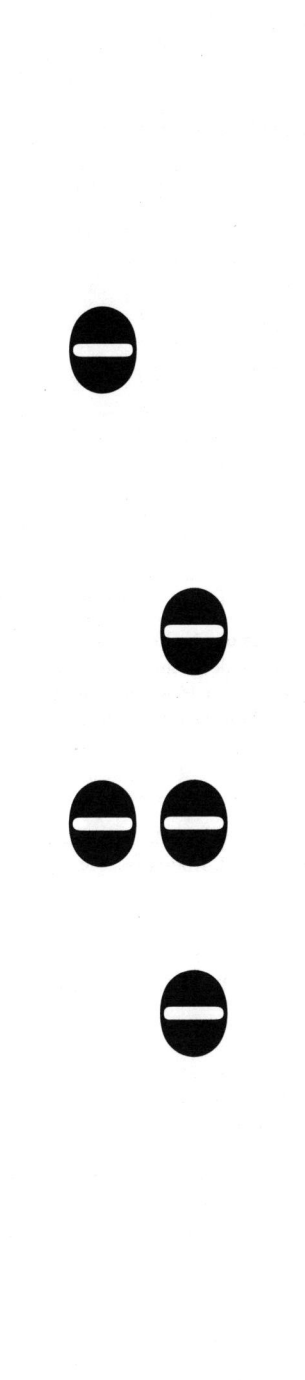

© Ana Pessoa, Bruno Ribeiro, Clotilde Tavares, Cristiane Sobral, Edney Silvestre, Henrique Rodrigues, João Anzanello Carrascoza, Jacques Fux, Jessé Andarilho, Luiza Mussnich, Marcela Dantés, Marcelo Moutinho, Mário Rodrigues, Mateus Baldi, Natalia Borges Polesso, Natalia Timerman, Olívia Nicoletti, Paula Gicovate, Renata Belmonte, Taylane Cruz, 2022

© Oficina Raquel, 2022

Editores
Raquel Menezes | Jorge Marques

Assistente editorial
Mario Felix

Revisão
Oficina Raquel

Capa e projeto gráfico
Raquel Matsushita

Diagramação
Entrelinha Design

Dados internacionais de catalogação na publicação (CIP)

C824   Correio amoroso: 20 cartas sobre paixões, encontros e despedidas / Ana Pessoa ... [et al.]; organizado por Henrique Rodrigues.
– Rio de Janeiro: Oficina Raquel, 2022.
136 p.; 19 cm.

ISBN 978-85-9500-064-3

1. Ficção brasileira 2. Cartas de amor I. Pessoa, Ana, 1982- II. Rodrigues, Henrique, 1975-

CDD B869.3
CDU 821.134.3(81)-3

Bibliotecária: Ana Paula Oliveira Jacques / CRB-7 6963

Este livro segue as novas regras do Acordo Ortográfico da Língua Portuguesa.

Todos os direitos reservados à Editora Oficinar LTDA ME. Proibida a reprodução por qualquer meio mecânico, eletrônico, xerográfico etc., sem a permissão por escrito da editora.

O
oficina
raquel   www.oficinaraquel.com

Este livro foi composto com as tipografias Sabon e Bodoni no estúdio Entrelinha Design, impresso em papel pólen 90 g/m², em 12 de junho de 2022.